刨花与锯末

刘国安 著

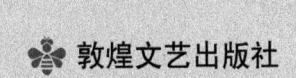

敦煌文艺出版社

图书在版编目（CIP）数据

刨花与锯末 / 刘国安著. -- 兰州 : 敦煌文艺出版社, 2024. 12. -- ISBN 978-7-5468-2621-9

Ⅰ. I227

中国国家版本馆CIP数据核字第20246PU823号

刨花与锯末

刘国安　著

封面题字：魏开功

责任编辑：余　琰
装帧设计：张金玲

敦煌文艺出版社出版、发行
地址：（730030）兰州市城关区曹家巷1号
邮箱：dunhuangwenyi1958@126.com
0931-2131373（编辑部）　　　0931-2131387（发行部）

广东虎彩云印刷有限公司印刷
开本 889 毫米 ×1194 毫米　1/32　印张 9　插页 1　字数 152 千
2025 年 1 月第 1 版　2025 年 1 月第 1 次印刷

ISBN 978-7-5468-2621-9
定价：59.80 元

如发现印装质量问题，影响阅读，请与印刷厂联系调换。

本书所有内容经作者同意授权，并许可使用。
未经同意，不得以任何形式复制转载。

目录

001 | 次要诗人的乡愁书写
　　——刘国安诗歌的特质

第一部分　人间江湖

015 | 我渐渐适应水陆两栖的生活
017 | 雨水配方
019 | 不是每场雨水都能飘然而至
021 | 烈日晴空下
024 | 盛夏日记
026 | 有风掠过
028 | 水的咏叹
031 | 唯有悲伤，从不说谎
033 | 锁定戏曲频道

035 ｜ 抱鸡母

037 ｜ 炒剩饭

039 ｜ 当耄耋被一支春色点燃

041 ｜ 过了谷雨，我们习惯于四舍五入

043 ｜ 守门员

045 ｜ 愧对草木

047 ｜ 您，化作了一缕青烟

049 ｜ 选择恐惧症

050 ｜ 外来物种

052 ｜ 糯米鸡

054 ｜ 华师露天影院

056 ｜ 7403 教室

059 ｜ 织网

060 ｜ 装修素描

062 ｜ 吹过山岚的风，跨越人间江湖

064 ｜ 尘埃里长出一株青葱白菜

066 ｜ 一只飞蛾停在窗户玻璃上

068 ｜ 与时间讲和

070 ｜ 处方

072 ｜ 跳房子

074 ｜ 心跳得那么快

076 ｜ 时光茬口

078 ｜ 编外球迷

080 ｜ 在时间的偏旁里腾挪转换

082 ｜ 下半场

084 ｜ 复盘

085 ｜ 人世间

087 ｜ 笔耕情丝

089 ｜ 薅锄青春

092 ｜ 零度以下

093 ｜ 又见大雪

094 ｜ 晨悟

096 ｜ 光阴统计学

098 ｜ 时空的凹槽

100 ｜ 人间道场

102 ｜ 汗水与泪珠，相拥而泣

103 ｜ 胡柚与红薯堆在墙角

105 ｜ 当青春痘遇上老年斑

107 ｜ 喃喃秋语

108 ｜ 白日梦

109 ｜ 空气伦理学

111 ｜ 在一滴水的世界里，独善其身

113 ｜ 映衬

114 ｜ 人心

115 ｜ 赶潮

116 ｜ 刨花

第二部分　大地行吟

119 | 乡愁研究所

121 | 在相思谷折叠鸟鸣

123 | 漫步陈太

125 | 衔一株水草，沿江汉平原逆流而上

126 | 两只白鹅

127 | 另一种花开

128 | 甜玉米都长着优雅的胡须

130 | 转弯半径

132 | 乡村，那些美好的弧线

134 | 有些乡愁是用来悬挂的

136 | 青绿鹅黄，在演绎川剧变脸

137 | 局部，多云转晴

139 | 所有的悲壮都值得虔诚地打捞
　　——致敬漳河工程总指挥长饶民太

141 | 围炉是春天的变量

143 | 洪湖戴家场小记

144 | 致，诗人卢圣虎

146 | 乡村物语

148 | 一株水稻的抒情

150 | 每一朵浪花都在寻找故乡

152 | 月亮湖

154 | 在麻河,时空虚构了一场互补

155 | 在汉川喝掺汤

156 | 壶口见闻

157 | 类比研究

159 | 玩泥巴

160 | 大概率

162 | 长袖善舞:氤氲了一截光阴

164 | 跨界

166 | 惊蛰

168 | 夜宿咸宁

170 | 清风擂起一声虎哮,沿荆河流淌

172 | 第一炉铁水

174 | 红钢城码头

176 | 团结户

178 | 红钢永红,青山常青

180 | 抽空季节所有的修辞

182 | 一千只气球

183 | 从临高角,遥望北部湾

185 | 在海边,摇醒时光

186 | 在儋州,拜谒东坡

188 | 总有一些浪花,开在大海之外

190 | 时间与空间的过渡地带

191 ｜ 与大海执手相认

193 ｜ 将一滴水寄存大海

195 ｜ 与清江互为倒影

197 ｜ 红土乡印象

199 ｜ 楚鱼香手记

202 ｜ 穿过贺兰山的指尖（三章）

206 ｜ 在喧嚣的尘世，端坐如莲（外一章）

第三部分　时代律动

211 ｜ 每一次刻骨铭心壮怀激烈的出发

217 ｜ 每一次举轻若重，都在跨越大海星辰

224 ｜ 时光脸谱：让沧海对话桑田

第四部分　诤语良言

231 ｜ 母与子的诗性关系与对话
　　　——读刘国安组诗《十指连心》

238 ｜ 乡土记忆的诗意构建
　　　——刘国安诗歌简评

244 ｜ 而温婉暖心，而冲淡平和
　　　——浅析刘国安诗集《梦的入口处》

248 ｜ 故乡的年轮

　　　　——读刘国安诗集《梦的入口处》
256 | 一抹阳光一首诗
　　　　——读刘国安诗集《梦的入口处》
261 | 大开大合　初心如磐
　　　　——读刘国安诗集《梦的入口处》
266 | 人间烟火又在市井中燃起
　　　　——读刘国安诗集《梦的入口处》有感
273 | 时间，是自愈的偏方

次要诗人的乡愁书写
——刘国安诗歌的特质

陈 希

刘国安的诗集《刨花与锯末》即将付梓,值得庆贺。这是他的第三本诗集,他之前出版过《梦的入口处》《放飞炊烟》,主编和发表过散文诗歌集《采撷春光》、小说集《书堂夜话》等。这些诗文在全国重要报刊刊布,获得良好反响和评价。

诗歌是生命中必不可缺的精神深呼吸。我与刘国安以文会友、因诗而聚,结识于庚子初春。当时对口援助诗集《盼你春天归来》已经编辑好,即将由贵州人民出版社出版,贵州湖北两地领导和诗友约请我写篇评论,刘国安负责湖北诗歌组稿。我作为鄂州家乡人有一种特别的亲近、感动和链接,撰写评论义不容辞,也算是一种对家乡文学的一种精神驰援。

中国诗歌历来有介入重大历史事件的传统，但诗歌公共性写作有两个难点：一是写实失实、刻画不深入，二是升华无力、沦为平庸。而《盼你春天归来》中的大多数诗作处理得不错，意象营造、语言结构和表达等有自己的特点，避免了同质化的泛滥。其中刘国安的《将每一朵山花作为"家底"和盘托出》意象独到而质朴，情感真挚婉转，从湖北鄂州传到千里之外的贵州，引起热烈反响。刘国安情动于衷而形于言，在一线帐篷里值守写作这首诗。

刘国安是鄂东南乡村走出来的诗人。他的家乡鄂州梁子湖区沼山镇属丘陵滨湖地区，物华天宝，地灵人杰。沼山群峰环绕，层峦叠翠，原名"走山"，充满动感和诗意。"朝游梁子湖，暮宿沼山林"，沼山是一座融自然景观和人文景观于一体的名山，主峰海拔418.5米，是全市最高山峰之一，美不胜收，令人流连忘返。除了在武汉上大学之外，他工作生活都在鄂州。"怀揣一枚故乡的明月／东奔西走／携带一串田垄的露珠／闯北走南"（《思乡的泪滴，常将我灌醉》）。为了事业发展，他走出山村，居住城市，但一直与家乡沼山有密切联系，始终眷恋那里的山水草木和亲人朋友，乡愁成为诗歌抒写的主题。

刘国安是一名真诚热忱、怀有理想与担当的知识分子。诗歌以平实而独到的意象，质朴而生动的语言，铺陈而不事雕琢的诗意，在离开与返回之间，展开关于乡村和人事风物的记忆和想象，不断由此延伸跳跃。他的诗歌贯穿善良和坚韧，始终关注时代变迁下人的精神状态。诗歌不拘一格，意象如繁天满星，丰富迷人，又似"川剧变脸"，形神兼备，变化莫测。《青绿鹅黄，在演绎川剧变脸》意象纷呈，密集复合"紫燕""调色板""炊烟""村庄""万花筒""蜜蜂""油菜花海"等意象，"勾勒一幅乡村的油画"，而用"川剧变脸"比喻千姿百态的乡村景色，熏染了"仲春"的气氛，新鲜别致，生动活泼，字里行间洋溢着对田垄村庄的热爱，对乡村生活的赞美。《乡村，那些美好的弧线》将瓜果飘香的乡村剪辑成"美好的弧线"，百果园种类繁复，眼花缭乱，姿态万千："跨过芒种的门槛／凌霄花在追逐风的线条／杨梅进入采摘旺季／瓠瓜辣椒茄子黄瓜／各有各的姿态"。《刨花与锯末》内容丰富，题材广泛，有农村困苦、家乡风光、历史感怀、现实反思、农事印象（耕田、放牛、除草、灌溉、抗旱）、求学生活、国际时事、爱情体验、亲情友谊、人生哲理等，既反映时代风云、社会变化的大事，也描写个人遭际、悲欢离合的小事。但诗歌主要内容为抒写家乡和探索人生，"乡愁"成了诗歌中最为温暖的情感色调。

乡愁是对家乡发自内心深处的情感表达，是个人和集体记忆的延续，是中国文学从古至今，横亘千年的一个重要主题。较早表现"乡愁"情愫的诗歌可以上溯《诗经》《楚辞》。《诗经》中《卫风·河广》《豳风·东山》《小雅·采薇》等有表现思乡恋土的内容；《楚辞》中《离骚》通过离乡痛苦表达对理想和使命的追求。"乡愁"主题随着时代变化而表现出不同的审美取向。古代中国以血缘亲情为基础的宗法社会和"安土重迁"的传统生活模式，"乡愁"表现为一种故乡的回望和归依。现代中国的"乡愁"则伴随着启蒙与救亡的双重变奏，表现出一种强烈的批判性自我启蒙探索精神。而随着现代化进程的加速和改革开放后的新变，当代"乡愁"不仅是对故乡思念之情，而增添了文化思考，赋予新的内涵："乡愁"成了"城市异乡人"精神漂泊困境的表达；在全球化语境下，成为新时代演绎中国故事、展现中国形象的情感纽带和文化鉴照。

"一只红薯／躺在城市街口的烤炉上大汗淋漓／他匆匆进城／忘了带户口本／也来不及与母亲打招呼／一袋烟工夫／乡愁被烤煳／瘦弱的身躯转眼间／成为一张红唇的甜点心／遗弃在路旁

的心思／忐忑不安／生命的翅膀／从此梦断蓝桥"（《烤红薯》）。这首诗选取常见的烤红薯场景，设置城市与乡村关系，复合进城的"苕货"、牵挂的母亲等意象，在人与红薯，我与他、雨水与眼泪、城市与乡村、生长与梦断之间，展示诗歌艺术的张力。而"乡愁被烤煳"，红薯被烤"成为一张红唇的甜点心"，深文隐蔚，意象真切而质朴，物我合一，诗意丰赡。

乡土是我们的根，乡村是我们的梦，乡情是我们的魂。家乡是永远的记忆，是深沉的依恋。无论幸福还是艰难，不论富饶还是贫瘠，也不论温暖还是寒冷，经过时间的推移，那些年少的经历，都酿出醇美的酒，滋养人生。生于兹长于兹，每个人都深深地打上了家乡的烙印，从口音到长相，如影随形，不离不弃。

刘国安诗歌如实描绘不同时期农民艰辛劳动和生活困难："大集体年代早出晚归／落下胃病无钱医治（《当耄耋被一支春色点燃》），"骄阳似火／口干舌燥／牛在沟里每走一圈／人都是汗流浃背"（《烈日晴空下》)，但农民并不沮丧和悲观，"听说吸烟可缓解疼痛／母亲学抽烟纯属偶然"；汗流浃背的耕田老农携葫芦瓶解渴，"葫芦瓶里装的并不是凉水，而是稻谷酿制的——沼山茅台"，这些诗句显现农民的坚韧豁达和对美好生活的向往。

"有些乡愁是用来品尝的 / 譬如红薯叶南瓜尖马齿苋 / 嫩荷叶斩蛋保持一份原味的清香"(《有些乡愁是用来悬挂的》)。因此,在刘国安记忆里,"珠露跳跃在草尖之上 / 谛听大地弦外之音"(《有风掠过》),"儿时最盼望暑假的到来 / 挽起裤管跳进河里捉泥鳅 / 采莲蓬,晚上在稻场数星星"(《处方》)。现在人到中年,"不经意间,跨越天命之年 / 往事被灶膛的炉火煮沸"(《心跳那么快》),但是"只要回去还有一声'娘亲'可喊 / 我觉得母亲的老调重弹 / 比往日炒的剩饭 / 还要可口,还要喷香"(《炒剩饭》)。

刘国安放歌阡陌间,诗歌描绘家乡山水与风物,表达生活的感悟和反思,呈现留得住的记忆、看得见的乡愁,具有独特的价值。费孝通《乡土中国》分析"乡土本色"为离不开泥土、不流动性、熟人社会,这种传统社会的乡土性,在新时代逐渐被解构和改变;在"城市化"与"现代化"、高科技化的进程中,诗人的感受方式、运思方式、叙述姿态与审美趣味已发生变化,传统诗歌审美模式,特别是山水田园书写,已经无法容纳现代更为丰富复杂的情感思想和生命体验。作为时空变化与距离的产物,乡愁具有面对"过去"却面向"未来"的建构性功能。诗人不再是怀旧，站在单一乡土的视角来观察和体会生活，也不仅仅是单纯反映风土和民俗，而是从乡村走向城市又从城市走向乡村，是一个现代人的生命直觉和理性思考相融会的表达方式，"距离"体验和人文关怀杂糅"乡愁"况味，显示历史理性的高度。

乡愁是具有时间属性的审美空间，是在人与人、人与自然、人与社会的交往中获得实质的存在性。乡愁以个体的记忆为载体，没有对家乡的记忆的乡愁是无根之木。乡愁是代际之间的记忆传递，具有公共性和传统性，"记得住乡愁"是对家乡所蕴含的公共价值与集体生活的体验和重构。

乡愁是下有根基、上有境界的，根基就是"亲情"，境界是"乡情"。与故乡相连最多的一个词便是"母亲"。故乡在，母亲便在。母亲在，故乡就永不会消失。《刨花与锯末》写得最感人的是关于母亲的诗篇。母亲的形象是多元多面，多姿多彩。"每当夜阑人静之际/思念伴随年轮一起升腾/当耄耋被一支春色点燃/母亲的笑靥成为梁子湖畔/最美的花朵"(《当耄耋被一支春色点燃》)，这时候的母亲是温柔恬静的；再看，八十七岁的老母亲坦然面对死亡："常常扳着指头/盘算自己与那抔黄土/还相隔几寸"(《过了谷雨，我们习惯于四舍五入》），这时候的母亲是坦荡从容的；而面对"几位至亲先后离去"老母亲也毫不惧怕，面对岁月摧残，"还在与时间掰手腕"，"一连串摸爬滚打过后"，"在养老院舒展四肢／口里哼着楚剧唱腔／恰似一个顽强的足球健将／眼神直视人生的前方／牢牢地把握——生命之门"（《守门员》），这时候的母亲是刚毅乐观的，她积极的生活态度深深地感染着读者，激励着人们珍惜生命的馈赠，不负年华。诗中"守门员"的意象新颖别致，突出了老母亲面对"生命之门"伟岸坚定的气魄——以至诗人对母亲"带有超乎寻常的膜拜"。《锁定戏曲频道》描写母亲日常生活的，表达了对母亲的挚爱和敬重。诗歌用白描的手法表现传统大家庭的和睦和孝道："乡下耄耋之年的老母亲／终于答应来城里住一些日子"，"孩子她妈先为老人洗头洗澡／换上一身干净衣服／接着奉上西瓜绿豆汤／我把电视锁定在戏曲频道／这是母亲最大的爱好"，寥寥几笔胜过千言万语，母慈子孝的画面跃然纸上。诗中借用"国粹京剧"隐喻传统文化面对现代文明的窘状，诗人"锁定戏曲频道"一半出于对母亲的孝道，一半象征着对传统文化的坚守与传承——"半夜里，突然听到母亲／在客房里说起梦话／仿佛在哼唱京剧的／某段唱腔"。

乡村振兴和脱贫攻坚是中国新时代的重大任务，并且取得显著成就。近十年来，刘国安经常回老家照顾和看望母亲，吃住在农村，并深入家乡各地走访。他认为，只有自己真实地在田间地头行走，深入接触邻里乡亲，真切体会新乡村的生活方式、价值取向、组织形态、生产方式、情感方式，才会看到新农村，感受新气象，对新变化有一种新的认知和确信。居城望乡，仅仅依靠过去的经验去想象和书写变化了的新乡村肯定是不够的。行走在大地上比独坐在书房里，写诗元气淋漓，更接地气、更真切感人。

乡关何处使人愁？乡愁不仅来源于对美好故土的过去回忆和想象，而且来源于对故乡破败的现实感伤反思，对未来的期盼和创建。但不少乡土诗歌出现了某些书写惯性和审美疲劳，"乡村凋敝"这样的情感式表达在作品中比较常见。很多诗歌流于写实，或者满足于展示一些地方景观，叙述一些地方传奇，再添加一些方言俗语，缺少必要的精神超越与提升，审美功能弱化。刘国安的诗歌则既直面现实，又有超越和创新。《我渐渐地适应了水陆两栖的生活》记录了2022年夏秋之际长江遭遇的严酷干旱——"汛期反枯"，历时三个多月，"渠干了，湖干了 / 江也快干了"诗人怜悯"鱼虾龟鳖"等小动物的生存环境，感叹虽然"故土让人难舍难离"，但"该鼓足勇气迈开腿脚"，"去远方寻觅一片／氤氲弥漫的丛林"。《盛夏日记》描写暴雨倾泻而来，山洪暴发给人间带来的灾难："雷鸣与电闪秘密合谋／大地每一个毛细血管近乎窒息"，"河床拥挤不堪／旷野一片狼藉"，而危难之际"一艘艘冲锋舟驶入村庄"——勇敢者冲锋陷阵抢险救灾，灾后重建家园，"把苦难和创伤作为底肥／抖落前尘往事／在灵魂的废墟，开出／——花朵"。水涝旱灾是百湖之市鄂州经常面临的严峻挑战，真实的乡土是什么样子，问题和出路在哪里，刘国安的诗歌有深切的反思和独到的感悟。

顺便一提的是，刘国安担任鄂州市文联主席期间，组织开展有特色、见成效的文学活动，特别是他深入基层，用心发现、培育很多有文学兴趣、有写作潜能的乡镇作者，鼓励和扶持一大批植根于乡土的草根作家成长，使他们破茧成蝶，有的改变命运，实现人生价值和梦想。

刘国安的诗歌获过各种奖，有的被选入武汉地铁诗歌空间，有的被谱曲广为传唱。但他常以"次要诗人"自称，譬如《围炉是春天的变量》《洪湖戴家场小记》等诗中有这样表述，这不仅是谦逊和自嘲，也是诗歌事实的揭示和诗学主张的践行。湖北成立"次要诗人"诗社，精英荟萃，刘国安是资深社员，经常参加活动。这个诗社得名可能与艾略特《什么是次要诗歌》和奥登《19世纪英国次要诗人选集》序言所阐述的诗学主张有关。次要诗人与大诗人比较，名气、地位和影响力显然有差别，诗意和表达存在不足，但正如艾略特、奥登所言，他们书写了另一种诗歌传统。

由此我想到诗集《刨花与锯末》取名。刨花是指从木料上刨下来的薄片，多呈卷状；锯末则是木材加工时的粉末状木屑。刨花与锯末都是被正规物品淘汰后的边边角角，可以回收也可以抛弃。但边角料也有价值和作用，如同次要诗人的乡愁书写，一种新的审美方式和诗歌传统开始形成。

是为序。

2024年7月29日于广州中山大学

陈希，诗人，评论家，中山大学教授、博士生导师。

第一部分　人间江湖

我渐渐适应水陆两栖的生活

渠干了,湖干了
江也快干了
那些泥沙俱下
清水浊水交织混沌
那些顽石,枯枝,败叶
腐殖质,河马的粪便
那些鱼虾龟鳖
月光蛙鸣和同伴
故土让人难舍难离
祖先亿万年前
已爬行上岸
我夹着未曾进化的尾巴
在水底潜伏如此多年
以为拥有自己
一亩三分地的水域

足可以安身立命
面对日益封闭
憋气与苦闷
苦海无边回头是岸
该鼓足勇气迈开腿脚
去远方找寻一处暗泉或水潭
揣度深不可测的人间法则
躲避炙热难熬的折磨与烧烤
去远方寻觅一片
氤氲弥漫的丛林
就算林子大了
什么鸟都有
沉默是金
避免祸从口出
跨越天命之年的门槛
渐渐适应水陆两栖的生活
经历过水中的浮浮沉沉
就能面对岸上的
风风雨雨

雨水配方

北回归线是旁观者
一个水分子由两个氢原子
和一个氧原子神奇组成
鄂陵湖，扎陵湖
三江源头和各拉丹东
冰川河流，胡焕庸线
与丰沛雨水
化学和地理常识
充斥大脑内存
壬寅虎年这个大旱的夏季
季风仿佛一笔带过
后羿射掉的一个日头
还顶九个太阳
汛期反枯
嘉陵江露出河床

万里长江第一阁观音阁
现出底座
鄱阳湖缩减四分之三
瘦成一道闪电
昼夜轮回
月光潮汐成为同谋
忍受熬煎与蒸煮
大地万物喊渴
滴滴答答成幻象
向云层喷射碘化银
满心期待一场人工增雨
风调雨顺是某种奢侈
在繁忙的建筑工地
我常常诧异于雨水的配方
竟把它与汗水和泪水
混为一谈

不是每场雨水都能飘然而至

驻守着一方江南
五十多天干旱是十分罕见的
浩浩长江瘦成一道闪电
桂树多次推迟了花期
在我的老家沼山
岗地上芝麻红薯奄奄一息
恰逢抽穗扬花灌浆
像被大地迅速掐断了奶水
田畴中的晚稻齐声喊渴
在放牛的截流港边
几株南瓜让我充满敬意
为了一份勇毅的生存
它们倔强地向水中央蔓延
梁子湖湿地打足绽放的底肥
国庆长假的气温犹如过山车

从 38℃到 19℃到 14℃
三天经历夏秋冬并非危言耸听
水蒸气在云层中慢慢凝结
一场小雨来得及时
昼夜轮回似一枚硬币的两面
整个秋天都熬红了
双眼

烈日晴空下

烈日晴空下
一幅画面总在脑海中萦绕
那是大集体年代的午后
在前海湖三头尖田畈
一阵吆喝声夹杂着
地表高温湿热空气
年轻后生和一位老者
在对牛说话
老者论排行，我喊他
厚想伯伯
因他老伴与我奶奶
是叔伯姊妹
我也可以喊他姨公
当年在生产队里
牛犊长到一定时候

都将成为耕田的主力
教牛犁地真是个技术活
地点大多选择
半干半湿的旱地
一个人在前头牵引方向
另一个人在后面
把持犁铧深浅
既要让牛熟悉犁地路线
也让牛懂得主人给出
转弯的提示
"笔直跟沟走"
"上起角来转弯"
姨公是湾里公认的
用牛老把式
多个回合吆喝过后
牯牛渐渐进入了角色
骄阳似火
口干舌燥
牛在沟里每走一圈
人都是汗流浃背
只见姨公取出
裤腰带下的葫芦瓶
轻轻抿一口水样的液体
感觉他有快意的清凉

在一旁放牛的我
感觉十分好奇
不知这样的高温
何以让姨公解暑
收工后我急忙凑到
姨公面前，寻找答案
他笑容和蔼地告诉我
葫芦瓶里装的并不是凉水
而是稻谷酿制的——
沼山"茅台"

盛夏日记

每一朵流云,都有一个
表面温顺的面孔
"杜苏芮"直角转弯
"卡努"蛇形走位
雷鸣与电闪秘密合谋
大地每一个毛细血管近乎窒息
鸟儿惊飞,拖着沉重翅膀
猝不及防的人类,草木和牛羊
涿州苞谷,五常水稻
还有门头沟的瓜果
河床拥挤不堪
旷野一片狼藉
面对桎梏的喘息
卑微的迷惘
一艘艘冲锋舟驶入村庄

河流湍急处，狂风怒号时
"救人一命，胜造七级浮屠"
土地与故乡相依为命
抓紧清理满街的稀烂与泥泞
市井恢复车来人往
秋虫吞噬体内的阴影部分
把苦难和创伤作为底肥
抖落前尘往事
在灵魂的废墟，开出
——花朵

有风掠过

大地边界,云朵在飘移
几声炸雷裹挟山头的闪电
加速雨的逃亡
鸟雀遁入山林
砂砾尘埃石板连同悲悯的草木
孤寂疼痛隐忍在时光背后
水流扣动发枪的号令
鱼儿在满沟满畈里洄游
迅雷不及掩耳的摧枯拉朽
疏通村庄所有毛细血管
一场夏雨来去匆匆
湿热中,薄雾氤氲弥漫
或长调,或短歌
几只蝉合奏单音节
与多音节

稻田深处，父亲扯起
一株稗草，大豆
花生芝麻红薯正在疯长
旷野有风掠过
珠露跳跃在草尖之上
谛听大地弦外之音

水的咏叹

春分。辽河
阳光,如同一枚针尖
河面是静止的
听河流的声音,不用说话
安安静静地待着
巨大的冰层,上漫下拱
穿越大地的伸缩缝
声响轰隆轰隆
冰块化作一池池碎银
江河解冻了

夏至。陕北的水
刷锅,再用来浇地浇菜
一瓢水一家人轮流洗脸
洗完脸,留着喂牲口

挑水沟、整水窖
踮起脚尖、仰望天空
细心观察风向、云层
"天上勾勾云,地上水流流"
"要下雨啦!"
拿出所有的盆盆罐罐
像一个盛大的节日来临
把苍穹恩赐的礼物
一个个装满盛满

纳米比亚。金秋
沙漠燥热令人难以想象
一只甲虫匍匐着。半夜里
大西洋偶刮的阵阵强风
带来团团雾气
甲虫背部并不平滑
一凹一凸的集水排水构造
小水珠刚一滚落
就在鞘翅表面的凹槽中流动
最后咕噜一声
落入甲虫早已张着的
大嘴之中

水,日夜在天地之间轮回

火热的建筑施工现场
时光烹煮岁月
钢筋水泥恰似一对
孪生兄弟
额头的汗水
与眼角的泪水
相拥而泣

唯有悲伤，从不说谎

一团疑云，从北大西洋和地中海北上
跨过阿尔卑斯山和莱茵河
柏林、法拉克福、科隆都在熟睡
雷鸣电闪带来的暴风骤雨
误伤慕尼黑啤酒节
升腾的一串泡沫
哥特式教堂的屋顶
噼噼啪啪
一场山洪在巴伐利亚肆虐
欧洲小镇一片汪洋

太阳躲进伏牛山深处
一场"流感"在复制粘贴
水汽从地球另一端游离到黄河边缘
太行山高墙一面，壁立千仞

氢氧原子的基因组合
咆哮和怒吼不分青红皂白
倾盆、瓢泼，抑或滂沱之势
落在水稻田、苞谷地、牛背脊上
落在郑州地铁五号线的警戒线
落在市井沟沟壑壑
落在逃亡的地狱之门

搜寻的扩音喇叭
在不停呼喊
激流中疾驰的红马甲
和冲锋舟
抛来一根根救命绳索
应急、转移、救援、抢排渍水
慰问、抚恤、防疫与重建
像时针一样有条不紊

与一场夏雨作别
相忘于江湖
人世间充斥某些假象
唯有悲伤从不说谎

锁定戏曲频道

如今的京剧国粹
哪怕是于魁智李胜素出场
对于年轻人而言
永不及密室逃脱和剧本杀的刺激
大暑时节热浪翻滚
经过几番的劝说
乡下耄耋之年的老母亲
终于答应来城里住一些日子
一番安顿之后
孩子她妈先为老人洗头洗澡
换上一身干净衣服
接着奉上西瓜绿豆汤
我把电视锁定在戏曲频道
这是母亲最大的爱好
一边看着电视节目

一边剥着苕藤梗子
母亲与我们解说着剧情
眼角和眉梢露出笑意
她一改往常早睡的习惯
与我们拉起了日常
乡村陈芝麻烂谷子的旧事
都是母亲岁月年轮的过往
半夜里,突然听到母亲
在客房里说起梦话
仿佛在哼唱京剧的
某段唱腔

抱鸡母

又凑了过来。个头跟母亲
差不多高大，母亲用她
磨损残缺、锋利不再的喙
狠狠地啄了他一下。小满刚过
大地麦浪翻滚、虫鸣声声
到了单独闯荡江湖的日子
不应再待在母亲
目光注视之下
回想某个晴日，带着一群
鸡仔外出觅食
正是万物葳蕤的时节
蚯蚓小虫。米粒抑或砂石
耐心啄碎送到每个子女嘴中
一只大公鸡过来抢食
使出全身力气与他干了一仗

一场暴雨突如其来
雨点在泥土里溅起小坑小洼
翅膀下的羽毛大半掉落
颤巍巍直立托举电闪雷鸣
夹着心跳体温，搭成
一个避风港
恰逢端午。兄弟姊妹
相约回到老屋
母亲一大早忙活起来
一缕炊烟在屋顶升腾
佝偻的背影与灶膛火光
形成映射
此时的母亲，像极了
那只饱经风霜的
抱鸡母

炒剩饭

小时候早起上学
有很远的一段山路要赶
母亲总会提前起床
为我炒一碗剩饭
淋上几滴珍贵的麻油
现如今母亲是耄耋之年
每个周末回乡
我都会陪着母亲唠嗑
"白毛婆婆九十岁,
天天到王铺捡破烂"
"湾里今年又添了几个媳妇儿"
像一盘老式的磁带
母亲的话题穿越岁月的尘埃
经常倒带或者重复
只要回去还有一声"娘亲"可喊

我觉得母亲的老调重弹
比往日炒的剩饭
还要可口，还要喷香

当耄耋被一支春色点燃

一股烟草味从沼峰的
山谷徐徐飘来
恰似故乡的袅袅炊烟
这是年过八十六岁的母亲
在暮色深处
抑或敞亮的午后
一次次亲情牵引的磁场
母亲学抽烟纯属偶然
大集体年代早出晚归
落下胃病无钱医治
听说吸烟可缓解疼痛
六十一岁那年起
母亲的烟龄已过了成年
大公鸡，圆球，游泳香烟
是一种奢望

每每有城乡，经济，红花牌香烟
成为抚慰的唯一处方
我曾给母亲带过几次
稍好一点的香烟
她却偷偷跑到对面小店
兑换成她熟悉的襄阳，红梅
每当夜阑人静之际
思念伴随年轮一起升腾
当耄耋被一支春色点燃
母亲的笑靥成为梁子湖畔
最美的花朵
烟草味道淡淡清雅
像极了母亲对故园的眷恋
始终弥漫在
她的子女周围

过了谷雨，我们习惯于四舍五入

新荷初露，夏意渐浓
过了谷雨。春天攒足了盘缠
前不久还在大战一季度开门红
即将迎来时间过半任务过半
刮了几阵风，下了几场雨
瞬间一年过去了四分之一
年过八十有七的老母亲
常常扳着指头
盘算自己与那抔黄土
还相隔几寸
我告诉她，再过一年八十有八
米寿就是九十的门槛
不说长命百岁
也算是安享晚年的幸福老人
坐在养老院的长廊里

一群老者在一起忆苦思甜
来到养老院一年满载
母亲像入托的幼稚园学生
从开始孤独寂寞
到渐渐适应这里的环境
我送去一些榨菜丝和兰花豆时
竟然没有发现我的到来
忽然传来一阵掌声
原来母亲正兴致勃勃地演唱
楚剧选段——《四下河南》

守门员

清明上山,来到先人的碑前
时光的空隙穿越凝思
细数一排排故去的名字
一代又一代人在尘世中辗转
回望这五年,父辈三兄弟
和几位至亲先后离去
如今环顾亲戚左右
唯有八十七岁的老母亲
还在与时间掰手腕
年轻时在生产队双抢时
母亲死过好几回
去年腊月经历一场
严寒冰雪的狂轰滥炸
踉踉跄跄坚持数月
一连串摸爬滚打过后

春天里，刚毅的老母亲
又站立了起来
带有超乎寻常的膜拜
看着她在养老院舒展四肢
口里哼着楚剧唱腔
恰似一个顽强的足球健将
眼神直视人生的前方
牢牢地把握——
生命之门

愧对草木

又到清明,按照老家的风俗
闰月的祭祀需要提前
今日阳光正好
族兄弟邀约一同祭拜
先摆上贡品,点燃三炷香和冥币
随后是一串长长的爆竹
扫墓完毕,大哥发了话
"坟头要向阳"。拿一把镰刀
把那些无名的小草
刺槐黄荆条枝枝蔓蔓
还有即将成型的小树丫
统统砍掉。随即分头行动
三下五去二,草屑伴烟雾飘飞
几棵小树被削了平头
此时山后的茶园正在返青

乌鸦的叫声在山谷回响
返程路上我思忖，要不是清明
我们极少来到山上
只有这些倔强的藤条小树小草
天天守护在列祖列宗周围
每到这个季节
当我亲手砍掉它们
都于心不忍
并怀有深深的歉意

您，化作了一缕青烟

小满刚到，端午的艾蒿
还在疯长
梨花飘落低调深沉
本想学王祥卧冰求鲤
董永卖身葬父
陪您再过一个温馨的父亲节
为您再次喂上一勺水
连人世间自认为最廉价
常挥霍的空气
您到最后也无法呼吸
额头的皱纹，您一生
迈过的千山万壑
八十二个沧桑年轮，您
永远的定格留影

梁湖滴泪，沼山同悲
少峰满畈秧苗拔节肃立
截流沟里溪流哗哗为您送行
后山的茶林，是您
即将耕耘的最新田园
终身不离不弃的那抔黄土
成为御寒的一床新被

长歌当哭泪水涟涟
生离死别，痛彻心扉
勤劳朴实一生忙碌
天堂里没有伤痛，好好安息
今生没有把您好好报答
来世我再做您的孝子贤孙
善良淳朴是您留下的珍贵资产
新垒起的坟茔是我心中
永远的丰碑

选择恐惧症

盥洗台前,一条牙膏
仿佛遭遇了选择恐惧症
我试着从下往上挤,有条不紊的感觉
总觉得车尾见不到车头
接着从上直接挤,嚯,立竿见影
动作,简单而粗暴
最后从中间往上挤,固液态两头游移
整体外形,相当难看
刷吧,刷,口腔在时空中开合
牙床与细菌的纠缠暗斗
日渐消瘦的身躯尽显
到了快更换新牙膏的时候
挤啊挤,挤到近乎大汗淋漓
此时人格分裂附身
牙膏皮囊像满腹的心思
欲言又止

外来物种

一株水葫芦,独霸河面
形成汪洋恣肆之势
巴西龟在水底貌似缺氧
及时浮出水面来一个深呼吸
小龙虾照常张牙舞爪
与一只鳄雀鳝不期而遇
牛蛙成群结队嘶鸣
仿佛在吟唱爱的密码
多了鹊巢鸠占的故事
青草鲢鳙原本河流真正的主人
大多不见了踪影
在灵长类的世界里
大猩猩经常捕获同类打打牙祭
棕熊开始在河口捕鱼
自然界生物链发生历史性错乱

在人类的交际圈
出现了白眼狼等特殊人群
正如大棚扰乱四季
人工激素促成拔苗助长
一株狗尾草开在废墟的边缘
分子与分母失去平衡
AI的出现，是当今地球
最大的外来物种

糯米鸡

一排排参天大树
浓荫是岁月投射的影子
居住在华师东区十栋
区位优势是每日进餐
往南走一百米是学生四食堂
往东走一百二十米是教工二食堂
八十年代师范生都有公费资助
每月的饭票三十五斤
菜票二十二元
对于农村贫寒学子来讲
这些饭菜票基本够吃够用
不管东区西区只要在华师院内
所有饭菜票相当于通用粮票
每天清晨,鸟儿刚刚开始鸣叫
学生四食堂就已排成了长龙

教工二食堂往往井然有序
馒头一分，花卷两分，肉包子五分
还有那三分糯米鸡最为抢手
外表金黄而又圆圆滚滚
口感上，外层焦脆
内里绵软夹有五花鲜肉
如今离开桂子山多年
辣椒肉丝，爆京片，热干面
已经记忆模糊
始终难以忘怀的是那养胃健脾
热气腾腾，唇齿留香的
糯米鸡

华师露天影院

穿过梅园和竹林
音乐系窗外飘来练嗓的妙音
一排排粗壮的桂树下面
阶梯式的露天石凳蜿蜒延伸
这里是华师的地理坐标
时髦词汇是网红打卡之地
每逢周末的日子
或带上配发的小木凳,三五成群
或男女同学成双成对
那年月,面包蛋糕是稀罕物
买点瓜子带点汽水
或捎上些许酸奶
在银白的光线下感受人头攒动
《庐山恋》《牧马人》《巴山夜雨》
《少林寺》《神秘的大佛》《喜盈门》

偶尔有顿足捶胸声抑或口哨声欢呼声
都是六零后一代人的光影记忆
《追捕》里日本高仓健饰演的警探杜丘
也有惨遭不测的时候
"你看，多么蓝的天哪"
"走过去你就会融化在蓝天里"
"朝仓不是跳下去了吗，唐塔也跳下去了"
"现在你也跳下去呀"
那时青春有明月高照，有桂花飘香
也有叽叽喳喳和阴雨蒙蒙
拷贝反反复复播放岁月的轮回
人物穿行在时空的隧道
每一场悲欢离合在这里演绎
内心也跟随着剧情
起起伏伏

7403 教室

沿着华师东区长长的斜坡
拾级而上
一棵大松树巍巍挺立
在七号教学楼门前
7403 是城经系的教室
三四个班一起上大课
可谓热闹非凡
房慧敏老师教政治经济学
是蒋学模编的教材
钱馥香老师说，英语要注重泛读
更要练好口语
江少川老师一句一句地
讲着公文写作的要义
喻大翔老师很潮地讲着
顾城的朦胧诗《小巷》

"小巷又弯又长，没有门没有窗"
"我拿把旧钥匙，敲着厚厚的墙"
高炳华老师一口京山方言
使本身难懂的高等数学
让我们一头雾水
周晓笛老师是系主任高秉坤
带的第一批硕士生
他讲述级差地租是超额利润
形成的原始冲动
吴灿华老师说，人生哲学
就是忙事业也要忙爱情
杨学炳老师讲，水准仪经纬仪
有平衡有闭环有高低
黄添老师说，论大城市空间布局
与区域规划
美国五大湖芝加哥与东湖武汉
是一对孪生兄弟
最难忘线性代数刘世泽老师
讲起矩阵
那是经济数学几个比较方案
优中选优
如今从华师毕业三十余年
大家为了生活前程不懈奔忙
师生和同学情谊

已经在桂子山定格
唯独老师们的谆谆教诲
仍在7403教室
久久回响

织网

月黑风高。几个魅影,
在城市的屋檐游离。
双翅抖动,像轰炸机横冲直撞,
肮臭深处总能找到孳生物。
吸血鬼,卑鄙无耻,
夺命鬼,恶贯满盈。
人神共愤,呼唤利剑出鞘。
乾坤朗朗。岂能让几个虫豸肆虐?
以迅雷不及掩耳之势,
在时间的罅隙,
布下地网——天罗。

装修素描

一大早明堂体育场西北角
初冬，阳光刚从树缝间筛漏下来
装修跳蚤市场开始人头攒动
花坛边沿一蓬杂草
与几枚落叶为伍
两轮摩托车三轮车次第摆放
车身吊挂着各式各样吆喝广告牌
木工隔墙吊顶壁柜水电乳胶漆
只要一个友好的点头示意
战场风风火火立马拉开
冲击电钻和钢筋砼
在僵硬对抗中嘶鸣
固定器射钉枪一起合谋
几枚钉子强行闯入
外头要遮风挡雨

里头要忍受钻心的疼痛
承重墙是一道顽强的存在
电刨角磨机常打抱不平
砂轮机在凸凹的缝隙飞转
浴缸面盆瓷砖俨然某种铺垫
还有五金门锁合页和门吸
螺丝刀小锤只当做了一道加法
前卫复古灵感释放
抑或化繁为简
气氛烘托出布局颜色格调
尘埃粒粒在狭窄空间徐徐泛起
与憋气的呼吸和汗流浃背
形成映射
百叶窗来不及适应
地球万有引力
防水卷尺丈量细节误差
和人间冷暖
榔槌将时空琢出几个鲜红血泡
以喂养我匍匐前行的
执着与卑微

吹过山岚的风,跨越人间江湖

书桌上的日历纸片
仅剩下最后一页的背影
黎明的曙光从窗沿透射过来
我难免有些庆幸
这难忘的三百六十五个日子
和刻骨铭心的三年
来不及用记忆的倒叙
来咀嚼内心的悲苦
应急车救护车来来往往
急匆匆碾出时间轮回
每一次逆行,笃定出发
与风雪交加
在死亡边缘拉住
一只只无助的手
逝去亲人的切肤之痛

焦虑恐惧彷徨中的抗争
和孤独愤懑撕心裂肺的呐喊
人性的底色在不经意间
撬动命运的支点
兵来将挡，水来土掩
汗水泪水互相搀扶
水泥缝里小草
倔强地冒出新芽
凛冽的寒夜生起一堆篝火
市井阡陌迎来车水马龙
村前的炊烟袅袅升起
《人世间》《县委大院》正在热播
清风一缕吹拂山岗
跨越荆棘，跨越人间江湖
一群卯兔在大地上
自由驰骋

尘埃里长出一株青葱白菜

羊儿的咩咩声划过黎明
头晕与疲乏症状渐行渐远
往日的市井又恢复了元气
凌晨两点的批发市场人头攒动
满载着蔬菜木船从江北黄州划来
老俩口背靠着背坐在船头歇息片刻
露珠挂在菜叶上折叠光阴浓稠
船尾弥漫着大别山南麓的氤氲之气
船儿来不及靠岸
一辆辆电动车三轮车小拖车
像挤戏台一样的熙熙攘攘
"这几捆莴苣我拿了"
"那几捆藜蒿我要了"
无须赘述,照常的一五一十
每一个手势都心领神会

车铃声过磅声扫码声此起彼伏
城市的烟火气压抑已久
上弦月依旧挂在天边
街上的凉意被嘈杂的吆喝声点燃
路灯还在失眠
环卫工人早已经到岗
汗水抽干灵魂真空
一株青葱白菜在尘埃里
拔节——生长

一只飞蛾停在窗户玻璃上

初冬的电闪雷鸣
为古城增添不少寒意
窗外薄雾蒙蒙
犹如尘世凝结的内伤
一只飞蛾停在玻璃之上
左冲右突地盘旋
映射跌跌撞撞的身影
时空虚拟磁场
一个出口难以寻觅
闹有闹的喧哗
静有静的坚韧
远处的万家灯火
孕育着城市倔强重生
我蜗居室内
和一行行文字结缘

有冲突也有对峙
寸心的负荷与绝对值
苦熬一份孤独
不撞南墙决不回头

与时间讲和

楚河汉界的这场对弈
一下就是三年
当头炮应以屏风马
顺炮直车对横车
多少次攻防转换
都是刀光剑影鼓角争鸣
从阵地战肉搏战到防御战
兵来将挡水来土掩
汗水泪水的交织
如今苦熬到残局阶段
双士缺象畏炮攻
双象少士怕兵冲
在冬日寒风中回首过往
捋一捋纷乱的思绪
马拦过河卒

支起羊角士
与自己的身体讲和
与阴阳讲和

处方

儿时最盼望暑假的到来
挽起裤管跳进河里捉泥鳅
采莲蓬，晚上在稻场数星星
和同伴们一道挥霍时光
几十个白昼黑夜
从指尖悄悄地滑过
黄皮肤幻变成古铜色
连老师同学都不敢相认
年纪渐长以后
坐进了办公大楼
空调四季冬暖夏凉
窗外是车来人往
某一日拿到年度体检报告
血糖升高
甜蜜或渐行渐远

心跳加速
很久没有激动的轮回
人生已是中年
骨质疏松更加明显
值班医生开出处方:"立夏了
微风不燥、阳光正好
适合去户外晒晒太阳
顺便补一补钙"

跳房子

小时候，在乡村
课间休息抑或放学之后
呼朋引伴玩耍嬉戏
随手拾捡一块路边瓦片
一划一个一进三幢
一划一个四室两厅
跳着跳着，房子越来越多
星星成为天外来客
爽朗笑声飘向田野深处
长大后，在城镇
钢筋水泥加速组合
望着远处拔节向上的森林
掰着指头感叹囊中羞涩
每一道承重墙
都是青春的荷载

街头汽车的尾气越来越浓
银行"负翁"越来越多
月色不再是内心风景
月光族渐渐
成为一种常态

心跳得那么快

年少时,童真在旗帜上迎风招展
心跳得那么快,青春装点
无数激情的梦
渐渐长大后,思念
在月光中搁浅
或惊鸿一瞥,或青梅煮酒
记忆深潭开出凡尘的花朵
大地辽阔,美的景致
疼痛是一味良药
心跳得那么快,细雨飘洒
的早晨,伴有一路泥泞
不经意间,跨越天命之年
往事被灶膛的炉火煮沸
面对高堂老母,心跳得那么快
切一半黑夜给自己

与一根白发对视
枕边挂满蛙声
闹钟无法叫醒人间流年
秒针滴滴答答
林中鸟鸣与风声再次相遇
你不言，我不语
却相视而笑

时光茬口

树叶，掉进单车的篮框里
方知秋真正来临
跨进小区门口，行道上
几个孩童熟练地玩着滑板
外公外婆在一旁看着胆战心惊
大妈舞蹈队开始调试音乐
一场扇子舞即将上演
中心花坛是很好的参照物
老李一个劲地转着圈圈
推着童车里的一对双胞胎孙辈
老秦脸上的笑容幸福爆棚
老胡老吕这对患难兄弟在假山旁
耐心地交流血糖血脂的参数
孩儿这边的家务活刚刚做完
鄢师傅趁着晚霞准备回老巢休息

一晃眼，住进滨湖绿苑二十年
雨露阳光催赶着陀螺
前几年都忙着接送小孩
补课陪读，把他们送入理想学府
种瓜得瓜种豆得豆
随后是孝老爱亲养家糊口
每一根白发都是一张单程票
伴随着时针跳动
左邻右舍群体迈入老年模式
轻松心态和健康体魄
成为一种奢侈
在时光的罅隙和人生茬口
唯有彼此道一声珍重
携手走过细雨飘飞
的日子

编外球迷

凌晨,忙完文字到客厅溜达
姑娘说她今天买德意志上半场赢
买日本下半场反超,中了三十八倍
十元变成了三百八十元
都说德国队弗里克反应太慢
日本队森保一换人换位后发制人
亚洲又一场胜利值得尊重
从娃娃抓起从高中联赛抓起
日本队俨然脱胎换骨
看一场没有中国队的世界杯
心中带着许多辛酸
两名中国裁判亮相登场
蒙牛乳业的广告牌忽隐忽现
预言从来都是用来打破的
东道主不败纪录已不复存在

前天沙特掀翻了阿根廷
球场是方的,足球是圆的
世界杯赛场波谲云诡
章鱼保罗曾是一个奇迹的存在
每场比赛我都不敢妄猜结果
不是怕说了错话
而是怕一不小心漫无边际
犹如球王贝利的那张
——乌鸦嘴

在时间的偏旁里腾挪转换

四年一届的卡塔尔世界杯如期举行
C罗,梅西,姆巴佩,维尼修斯来了
澳洲袋鼠非洲雄狮太极虎也来了
在一张体彩的边缘镌刻梦想
沙发和硬板床互换场地
白昼与黑夜倒起时差
英格兰淘汰赛大开大合
三比零击败非洲冠军塞内加尔
葡萄牙玩一场球场惨案
六比一打得瑞士体无完肤
对攻中难免遭遇战
防守反击中演绎阵地战
拼战略技法
拼协作体能
当加时赛的哨声落地

日本克罗地亚一比一握手言和
西班牙被摩洛哥零比零逼平
来到点球大战的惊魂时刻
时间凝固考验一颗颗大心脏
进球时,快意释然
失球时,伤痛泪水
球门与自己残酷对垒
都是无法绕开的
人间道场

下半场

凌晨三点,秒针指向
下半场。比赛进入白热化
领先的球队不停换上后卫
落后的一方则加速派上前锋
紧张刺激的心跳
被夏至的瞳孔越拉越长
曾经任性无知地挥霍青春
世界貌似一只足球
在脚下玩得飞转
每一滴汗珠都牵动全场
传说中的那把杀猪刀
脱发缺齿耳聋眼花
衰老的征兆接踵而至
人生上半场,用身体拼得钱财
下半场又用金钱赎买健康

静态心电图的 T 波起起伏伏
黑衣裁判掏出一张张黄牌
口袋里，备有拜新同和安博诺
胰岛素注射管随身携带
大雨滂沱是阳光的
一个侧身
盘点半百人生
左冲右突
平平安安是唯一净胜球
不再拼拼抢抢
争什么头球破门
不求大富大贵
只求，云淡风轻

复盘

一粒发芽的心思
从布局到中盘
都被一轮烈日苦苦追杀
根须是唯一腾挪方式
向大地深处
寻觅棋盘的另一只活眼
初冬时节
一场月全食不可避免
风在穿越荆棘
又是橙黄橘绿的季节
从孕育到分娩水到渠成
熬过岁月的烹煮
许多往事
都适合于——平挂晾干

人世间

时针滴滴答答
地球自转夹带着一份流调
奥密克戎毒株仍在肆虐
俄乌谈判在继续
市井阡陌突然静谧下来
昔日的车水马龙和人头攒动
与阳台上的来回踱步形成对应
电视剧《人世间》在热播
所有的呼吸都很虔诚
生活如同草尖上的露珠
貌似光鲜的日子
随时都有摇摇欲坠的危险
摒弃郁闷愤怒别离苦难和伤痛
时光的列车风驰电掣
期待冬天的风能够放在

夏天吹拂
少一些刺骨严寒
多一些凉爽与温馨

笔耕情丝

岁月如同一条瘦瘦鞭子
抽打着季节的河流
朝着阳光的方向奔走
我时时任思绪潜入水中
将片片文字用心打捞
有人说，轻舟是河流留下的
沙子是潮汐留下的
幽深的河床下有丰富宝藏
灵感在梦最浓稠的地方摆渡
手中钢笔是钻头
心跳和激情是动力
指尖像七弦琴尽情弹奏
滚烫的文字如同内心吐出的胆汁
文字如小鸟跃上纸张与诗行
正如花儿离开树干的刹那

带着身体余温
伴有热泪悄悄滑落
思绪如小溪般纵情欢唱
来不及享受的是寂寞
此时的孤独
不再是河流舞蹈的浪花
而是一个人内心
狂欢的跳跃

薅锄青春

年少时,曾经以为
裁剪一段子夜时光
便可以缝制
一件美丽的霓裳
采撷一片皓月星空
便可以编织
一个奇幻的万花筒
于是青春疯长
激情与雄心
在阳光下煮沸
又如桀骜不驯的野马
在旷野里狂奔

不曾怀揣
伪装和城府

不曾提防
算计与中伤
无我状态袒露心迹
真空状态坚守纯真
真诚时常被
虚伪与谎言合谋
执着为悲壮埋下伏笔
始终坚信
人生立面的收成
漫漫长路中
学会了拔去
人生剖面的枯叶
和稗草

用阳光薅锄青春
思想的纯度
不曾稀释
用雨露漂白灵魂
无价的情义
不曾勾兑
有理由相信
一曲天籁终可以
代替没有音符的曲牌
至理名言终可以

删除没有逻辑的脚本
风雨彩虹，薅锄青春
生命的天使终于揭开了
神秘盖头

零度以下

整个原野,除了风,只有路边鸟巢
算得上是一个参照物。鱼儿开始躺进
底泥的温床,那些尘封的旧影
不动声色。寂静如此短暂,炊烟
照常升起。早起的孩童背起书包
或嬉闹,或尖叫,或堆着雪人
留下一行行不规则的脚印。鸡鸣狗吠
的交响,回荡在一片匿名的广阔。
整个世界是枯瘦的,同时是丰盈的
在时光中突围。天晴之日,也是冰雪
融化之时。小草蛰伏过往的痛楚
怀揣一个甜甜的拔节梦想

又见大雪

一只麻雀驮着一场冬雨,咀嚼
词语的界限。薄雾浓稠,光阴渐行
渐远。秋风卷着残枝败叶,泥土芬芳
成为记忆碎片。河水倾听时间
草木葳蕤沦为过客。月光游弋
梦与醒的距离,镰锤挥汗如雨,蜂蝶
追逐花香。一饮而尽的叹息,乡愁是
一个卑微标点。窗外,雪花飘飞
一遍遍擦拭这尘世的荒凉

晨悟

年关将至,面对各种总结报告
像一个用功的园林师
不停修剪多余的藤蔓和黄叶
让一些枝干脱俗清新
一年四季选择红薯稀饭
或者五谷杂粮
那些粗纤维和碳水化合物
让我保持无三高无赘肉的状态
没有公文包鼓鼓胀胀
踩着单车带一串钥匙
一部手机是全部的大脑内存
友人的一幅大道至简
感念心中住着八戒和悟空
年纪大了,睡得更少
也没有梦醒时分

庆幸我自己，每天都能
一觉睡到大天明

光阴统计学

凌晨一点，120 叫声急促
每丝空气都有近乎凝固的紧张
连襟年满七旬，半夜胆囊炎突发
几个子女都不在身边
我急急忙忙赶到中心医院急诊科
照例有检查 TCD 心电图脑电图量血压
火急火燎办理好住院手续
不一会儿几个小年轻踉踉跄跄
抬进来一个急诊病号
担架上小伙子皮开肉绽让人不忍直视
据说伤者是一位摩托骑士
半夜里邀同伴在郊外玩飙车游戏
价值百万的考文垂鹰飞翔
有千里驰骋追风拉风的快感
不小心撞在了建筑物上

酿成惨剧

想到生活的柴米油盐

储蓄卡，抑或手机的流量

都是随时可以补给的物品和形式

急诊科里命悬一线

亲情陪护健康平安是限量版

我尝试着推演一道三角函数

那些高低上下贫富贵贱不等式

此时此刻，在急诊室这里

生命正负数都有相等

的绝对值

时空的凹槽

正午时分。一束阳光穿过窗棂
催眠的生物钟还没有响起
盯着办公桌前的两把椅子
看看椅背，居然发现
一个编号二十三，一个四十七
大脑内存迅速接到某个指令
二三四七简单相加
五和十一是两个质数
三减二，七减四，后面极可能
形成一个等差数列
四月七日，传统的世界卫生日
二十三和四十七相加，哎呦
"人生七十古来稀"
福寿康宁远远胜于一种心境
二月三日离立春不远了

春风准备折回
二三的阿拉伯数字，构成行书的
一个"巧"字
寻寻觅觅，你原来也在这里
时光匆匆，岁月流逝
茫茫寰宇中有千万种假设
四个数字有各自的人情世故
两把旧椅子恰似两位不离不弃的老友
午后时间静谧，如一池秋水
很多事物曾经在此淤积
也有很多的因果在此延伸
掷一块瓦片在河面打一个水漂
设问反问都有自己的逻辑
时空的凹槽里，滑翔
一串长长的省略号

人间道场

结婚登记大厅在三楼
离婚登记在四楼
仅一楼之隔
这类业务时常有扎堆的日子
情人节，五二零或七夕节
结婚登记需要提前预约
一大早排队的人群
都排到一楼大厅
爆棚的场景让人措手不及
高考过后或是过完大年收假
迎来的是另一个高峰
成年人的某种深思熟虑
孩子渐渐长大
彼此凑合不如来一个好说好散
从身体站姿一眼可以看出

有的彼此紧紧依偎
小俩口总有说不完的话语
有的站着一左一右
抑或一前一后形同路人
盖着公章颜色相异的两个证书
映射不同的人生悲喜
原以为世界是近在咫尺
曾经那些海誓山盟
已经蜕变为几个光年——
的距离

汗水与泪珠,相拥而泣

山无棱,江水为竭
天地合,乃敢与君绝
梁山伯祝英台的化蝶凄美
卓文君与司马相如的纸短情长
王小波和李银河
把思念写在五线谱上
"每三二天就要找你说几句,
不想对别人说的话"
山东临沂,一个门诊部
百岁老奶奶陪伴九十八岁的老爷抽血
爷爷怕疼,老奶奶一把捂住
他的眼睛
动情地说"你活着,
我就不怕"

胡柚与红薯堆在墙角

树的上头,写满命运的空
电闪雷鸣穿越无垠旷野
时间,悬挂在枝头
风的线条,完成隐秘改写
匍匐的事物渐渐被遗忘
土下方,雨水凝结的皱纹
擦拭时光之垢
文字从书本里抽身而出
像一位陌生人,在打听一个
久违的门牌号码
岁月旋梯搭成异面直线
在犄角旮旯里,互为旁白
睡梦惊醒,推开一扇窗
胡柚有说不完的酸楚
红薯有简简单单的甜蜜
月亮爬高时,影子化为空气

我刚来,正好你在
秒针滴滴答答,从此
一起共苦　一起同甘

当青春痘遇上老年斑

荷尔蒙,催生雨后春笋
抑或多巴胺炮制的公摊面积
同一个地层,肥力是否均匀
尚且得不到应证
龙舟竞渡,挥汗如雨
青春如风,穿越荆棘的模样
人生道场,山高水远
鹅卵石的棱角逐渐磨平
当一粒青春痘巧遇老年斑
掉发缺齿,步履蹒跚伴随三高症状
清脆的鸟鸣被一个喷嚏掏空
背上行囊,感悟日月星辰
时光匆匆,万物都在路上
朝霞与落日勾勒一幅金秋图
蛮荒原野蓄满生命之力
怦然而动的诗心

容纳电闪雷鸣
在时间的罅隙,见证
一场逆生长

喃喃秋语

又是一个干旱少雨
的江南。桂花迟迟未开
一株南瓜攀爬在墙角
几朵花瓣布满微尘
原野,粗犷地摊开
菜畦的落叶清晰如昨
怀疑过人生和命运
从没有怀疑过一场雨水
山川,日月,草木,虫鸣
万事万物彼此倾听
心灵深处耸立一座高塔
每一寸红尘坐落云端
久违的淅淅沥沥并不遥远
独酌黄昏,咀嚼湿润的挣扎
荒凉与沉默互为印证

白日梦

鸟鸣,溢满树干
黑白对峙引来一朵花开
启明星刚刚谢幕
月亮又将我植入梦境
一匹高大的汗血宝马
在亚马孙平原自由驰骋
马蹄铁勾勒风的线条
忽而登上一艘巨轮
在地中海科西嘉岛逐浪
海鸥在船舱盘旋
满眼皆是湛蓝的模样
灵魂邮寄天地之间
影子试图跳出时针的版图
让光阴在昼夜里奔走
所有的孤独悲欢
都如此朴素

空气伦理学

忍冬藤趴在墙头
好似在玩某种行为艺术
河乌一个猛子扎下去
水底下,石蛾幼虫成为大餐
风渐渐柔和起来
牛犊兴奋地在水坑里打滚
紫燕双飞开始衔泥筑巢
雷电穿越时间的缝隙
蒲公英自带流量
散落一地飞舞的翅膀
高压与低压气旋轮流坐庄
三维空间形成逆时针顺时针
地球像一个陀螺
北回归线猛抽它的肋骨
那些名词,动词,形容词

刚刚睁开惺忪眼眸
连同犁耙水响勾勒的弧线
季节的词典里
增加了一门——
空气伦理学

在一滴水的世界里,独善其身

阳光和雨水
就像世界杯的点球大战
乌云雷电又一次合谋
江流湍急
漫过时间的刻度
观音阁的窗台
一些枯枝败叶与沙粒
夹杂人间的暗物质
在水中浮浮沉沉
昔日的意杨苗
成为滩涂的旁白
"龙蟠晓渡"隐遁尘埃之中
与洪水对垒
是季风落下的必答题
传说中的"阁坚强"

犹如一尊活佛
于时光中打坐
兵来将挡,水来土掩
在一滴水的世界里
独善其身

映衬

山村老屋,大门外。
男人在用力劈柴,
女人手拿鞋垫,
一针,一线。

背面,线条似乎杂乱,
正面却是一枚枚
精美图案。

人心

一个喷嚏,
秤杆忽上忽下。

欲望,像一块生铁。
鹦鹉的弹舌音,道出隐情。

人心在滑动。

赶潮

吞进又吐出,是一行行脚印。

海水与沙滩,
总在玩一场拔河。
退潮,方知谁在裸泳。

拥有,抑或放手。
时空隧道里,
与命运握手言和。

刨花

绳墨,弹出命运的线条。

燥热中钻出一泓清泉,
一生喜打抱不平。

与锯末不离不弃。
凸凹的呼吸里,
绽开花朵。

第二部分　大地行吟

乡愁研究所

年近了,异乡的月光
在后台催促时钟
脚手架吊起蜘蛛人的倒影
春风暂时没有折回
收拾起子钳子榔槌螺丝钉
收拾工棚里的一身臭汗
枕边泪水逆化成返程的车票
刚结的工钱缝在裤兜里严严实实
浮尘泛起,露珠比思念还轻
一声声汽笛长鸣
啃食着父母妻儿的思念
列车跨越崇山峻岭
目光始终锁定村前鸟巢
那些秋天喊渴的田野
和细石刮伤的溪流

三年之久的过往
口罩和老茧拧成一股绳索
跨过家门的刹那
眉目间流转胜过治愈的偏方
欢笑伴随炊烟在屋檐上萦绕
酒杯里荡漾着
岁月的轮回

在相思谷折叠鸟鸣

天河水缓,夜的密码被春风引渡。
一枚月亮养在深闺之中。丢进邮筒
又欲言又止,在信笺中留白。
轻划一根火柴,燃烧中
忘却某些灼痛。在玄鼓山,
紫竹在光阴的臂弯里打坐。
河水哗哗折射仙女捣衣的身影,
心境随露珠摇曳,相守一分清欢。
谁不羡慕神仙眷侣。
怎岂料到?雷鸣与电闪合谋
天庭瞬息万变。
从此劳燕分飞,花瓣飘零。
情为何物?思绪疯长。
在相思谷折叠鸟鸣,人间烟火依旧。
蒲草如丝,磐石不移。

穿越时空,又一个千回百转。
凄美凝结冰霜,已幻化成
一块巨石!

漫步陈太

的确是鸡鸣闻三镇
漫步在太和陈太的山顶
风从大冶金山店和茗山乡吹来
石碾在乡村的时光里打坐
村部政治夜校礼堂
年代久远的标语隐隐若现
斑驳的记忆在这里流传
乡村牌子锣排演在即
连日雨水催生新绿
沿着山脚堆砌的顽石攀爬
四十八蹬的草木葳蕤
橘树的花儿泛白
犁耙碌秒纳入了田间课堂
用丝线丈量炊烟的经纬和坐标
香椿鸡蛋在锅里翻炒

满目翠绿像一只漂流瓶
从一个山头漂到另一个山头
一切来得刚刚正好
远处波光粼粼的梁子湖
铺陈人居和谐的
美妙画图

衔一株水草,沿江汉平原逆流而上

一些词根、意象和久别重逢
像晨露在草尖上凝结
山千重水千重
浓稠在一堆篝火里烹煮
勾兑沔阳花鼓戏的人间悲欢
一群芦苇诗人在风中絮语
天气像川剧的变脸比翻书还快
夏雨来得有点突然
思念在疯长
吉他琴弦在池杉林间弥漫
捧几枚仙桃拌时光下酒
潮湿的黎明被一叶白帆撑起
乌篷船里渔歌互答
沙鸥在低空盘旋
有多少草丛散落的醉话
就有多少蛙声和鸟鸣潜入梦乡

两只白鹅

陈太村四十八蹬的山顶
除了音乐公园
就是满目的群山
攀爬的间隙
远观到一个白色雕塑
近看是两只白鹅在草甸上漫步
山顶的小水塘
本是它们嬉戏的佳处
就像在老家待腻的我们
来到了这里
山村原没有管弦的伴奏
它们的叫声
恰好充当乡村的仪仗队

另一种花开

在一个叫作线扒坨的地方
田垄的油菜在大面积灌浆结籽
而墙角的一株油菜刚刚盛开
长长根系抓牢石缝的泥土
吮吸大地的雨露阳光
打开命运之门
我们习惯于一种绽放
总是伴随着掌声和喝彩
而另一类绽放
虽弱小卑微
更显得倔强与孤傲

甜玉米都长着优雅的胡须

说起乡村振兴
这里算得上一个大观园
池塘边山楂树已挂果
水里养着团头鲂"华海一号"
另一个池里小龙虾
张牙舞爪
几株水葫芦只是一个旁白
菜园里豆角千条万枝
长得好似新疆姑娘的小辫
地里躺着西瓜
像我发福的中年
甜玉米都长着优雅的胡须
夕阳下农家的炊烟
刚刚升起
一蓬狗尾草在风中伫立

清风喂养着蛙鸣稻香
今天我来的是
东港"明天生态园"
明天的东港"明天生态园"
一定更美好

转弯半径

去往平安农机合作社的路上
何桥村田垄间满目翠绿
一路上洒下欢歌笑语
铁路涵洞突然横亘于眼前
"怎么了？过不去？"
车辆的高度超过了涵洞的高度
掉头转向不容半点迟疑
绕过三个自然村落
经过一段有凹槽的机耕路
精准地打着方向盘
轮胎与凸面一一对应
又路过近乎直角三角形的田埂
预判、控制、刹车、油门、落位
倒车镜后的视线
与转弯半径高度一致

后退，是插秧
提供的启迪
转弯，是生存
必需的智慧

乡村，那些美好的弧线

跨过芒种的门槛
凌霄花在追逐风的线条
杨梅进入采摘旺季
瓠瓜辣椒茄子黄瓜
各有各的姿态
一群老者在树下畅谈
血脂血压血糖指标烂熟于心
休闲长廊里老师们
在讲述丹青翰墨
鸟语蛙鸣飘过近水平台
护理师专心致志做着康复体检
青春岁月的加减乘除
反复验证人生余额
在久违的康养生态园
动静相宜中的不温不火

徜徉于时光的隧道
我寻觅到自己想要的
老年生活

有些乡愁是用来悬挂的

有些乡愁是用来品尝的
譬如红薯叶南瓜尖马齿苋
嫩荷叶斩蛋保持一份原味的清香
花湖机场的建设如火如荼
航站楼巍巍耸立和机场跑道
互相映衬
有些乡愁是用来悬挂的
学校教室和村部礼堂
都悬挂着国旗
然而在严基树的征迁博物馆
除了犁耙磙耖，连枷，砻子，风谷机
墙上挂有被征迁各村各塆的
门牌和号码
对于一群参观的次要诗人来说
"诗发家"这个塆牌算是

一个不错的应景

龚家塆　李渔垴　凤火屋

石板冲和张坝角

几十个村塆在这里

得到完美重现

在墙上悬挂的胡缪嘴塆牌前

一位耄耋之年的老大爷

老泪纵横

他执意要摄影师

帮他留个影

颤抖着手十分激动说

我塆子虽然不在了

湾塆子，依然

还挂在这里

青绿鹅黄,在演绎川剧变脸

紫燕在梁子湖一带低空盘旋
声声呢喃应和着犁耙水响
一块丹青调色板
在东沟镇余湾村徐徐铺陈
青绿鹅黄鸟鸣炊烟
勾勒一幅乡村的油画
小桥流水绕过粉墙黛瓦的村庄
淡淡馨香从天地灵气中溢出
阳光折叠的万花筒
蜜蜂在田垄间穿针引线
万亩油菜花海的舞台
演绎着川剧变脸
季节音符转换
绽放与凋零在所难免
如织的游人
共赴一场仲春的花事

局部,多云转晴

有些加持来自内心,如感念,关注
祝福,祈祷。有些加持来自外界
如地心引力,瞬息万变的天气
"监利,涨,涨""城陵矶,落,落"
年少时听不懂啥叫水位公报
一场诗歌年会,在洪湖市戴家场
节目舞台交通食宿,细节薄如月光
月前的预报,六月十日洪湖大雨
圣龙圣虎兄弟满脸皆是愁云
风油精　杀虫剂　电蚊香　遮雨棚
影子与万物不离不弃
冥冥之中,一切自有安排
物有所值的超乎热情,次要诗人
感动上苍。反转来得正是时候
"局部,多云转晴"

村庄与河流达成默契
临水庐,荷花开得正艳
一堆熊熊篝火与星空形成映射
且歌且行,露珠迎风摇曳
把诗歌写在大地上
我梦见一只蝌蚪
长成蛙鸣

所有的悲壮都值得虔诚地打捞
——致敬漳河工程总指挥长饶民太

拉回历史的长镜头
在漳河建设工地
我目睹你亲率的十三万大军
在三十三公里的火线上安排山河
那些战天斗地的人声鼎沸
不亚于一次大兵团作战
悬空吊运的泥土高过
荆山楚水的海拔
同时并进的进料作业法
与时间打了一个立体交叉
八年建设两千九百多个日日夜夜
有六个年头没有与家人一起过春节
孽龙被驯服是伏波安澜的标志
在观音寺的集体公墓群

你与两百多名烈士长眠于此
实现了你最初的人生诺言
接纳了沮河漳河
接纳了无数潜流名泉
坐在宽敞明亮的游轮上放眼远眺
来不及欣赏碧波似海的风景
我纵身一跃漳河的底部
探究生命与澄澈的真实涵义
每一颗星星与浪花形成映射
四月之初漳河的朝圣之旅
所有的悲壮都值得
虔诚地打捞

围炉是春天的变量

偶然也是必然。三月春风里
一群次要诗人与自在诗人的邂逅
十二楼并非一个具体的楼层
而是一位次要诗人的笔名
陆水湖畔,一方别致的农家小院
雅聚在童真无邪的朗诵中拉开
时空在此漫谈
诗词歌赋沿着围墙伸展蔓延
和制的面粉在诗人然也手边发酵
几位诗友默契地捏着包子
每一道褶皱都蕴藏寓意
围炉是春天的变量
柴火包括枝枝蔓蔓的语言
和一些繁芜的意象
诗人余述平本只想小酌两杯

兴致一来，口里又在吞吐长江
三句不离本行
诗人卢圣虎亲手掐的菜苔薹
在围炉里烹煮
一阵微风拂过群主易飞的脸庞
人间诗意伴着皎洁的月光
高潮迭起

洪湖戴家场小记

惊蛰时节,行走在
江汉平原是一种奢侈
在洪湖市戴家场镇临水庐
中国次要诗人采风创作基地
这里弥漫着甜甜的味道
一切仿佛都适合折叠
譬如历史的烽烟,湛蓝的天空
洪湖的波浪,大地的田畴
更适合折叠自己

致,诗人卢圣虎

或许与你有关
走过临水庐的阡陌纵横
那副宽边眼镜里透出深邃
他乡已经成为故乡
清风敲门的刹那
等待一声吱呀
侃侃而谈,演绎每一道烟圈
都饱含人生寓意
背着行囊一路远行
无需伪装和粉饰
在漳河的清澈里,感受潮汐
借诗与远方温暖彼此
春色来得正是时候
长长的绿皮火车
勾起羞涩的青葱往事

或悲喜，或顿悟
在一场骤雨中目送远行
从此，我多了一个
睡我下铺的兄弟

乡村物语

一张一合,桃花水母刚探出脑袋
几只野鸭开始测试水温
天空映射的湛蓝
在鸟儿的翅膀里折叠弧线
沿湖的湖瓢,桐油,楠竹,夏嘴四村
渔民都已经洗脚上岸
曾经的沟沟壑壑道路蜿蜒
如今裁弯取直路路成网
来不及与客人拨通电话
油门一踩,村庄就在眼前
地上的麦苗开始返青
一场半程马拉松即将上演
清风徐徐刮过
乡村的律动蛰伏已久
风景如画的环湖路

有动如脱兔的机敏
更适宜来一次
弯道超越

一株水稻的抒情

时间是距离的唯一线索
沿着岁月的河床
寻根问祖
在浙江余姚河姆渡遗址
我的祖先破壳而出
长成一座丰碑

走南闯北，风雨兼程
放牧青峰山下
梁子湖畔
最先萌发的不是一根胚芽
而是一颗思想的种子
原生态的清风吹拂
吸着有机肥
喝着山泉水

与日月星辰交流
我把萤火虫的灯盏举过头顶
去弥补月缺不圆的寒夜
与风雨雷电对话
忍受地动山摇的挑衅
为自己找到顶天立地的理由

轻轻打开湿润的花瓣
采集大地备好的露水
分蘖，拔节，灌浆
抽穗，扬花，蜕变
一条金黄色的瀑布
从春天孕育到秋天分娩

和着轻风的节拍
不再计较那些折叠的忧伤
和骨子里的疼痛
如今，我唯一的愿望是
向阳光雨露感恩
向大地母亲低头

每一朵浪花都在寻找故乡

海浪在枕边入睡
像一个恬静的婴儿
散发着咸湿的乳香
一些修辞开始失眠

一个氢原子与氧原子
巧妙的碰撞
经历九曲回肠
回归一个宽广的怀抱
梦开始筑巢
东临碣石
拾捡一些时光的碎片

把岁月交给清风
时间能缝合表皮的伤口

心底的河床
蕴藏着深深的隐喻
渤海湾是心头的一轮下弦月
每一次潮涨潮落
都在为灵魂找到一个
——渡口

月亮湖

一场雨水在大地撒了一个娇
刀锋与麦芒刚刚握手言和
一片桃林便孕育起梦想
不是一阵清风
我愿意静静地待在湖底
不是一阵蛙鸣
我还是愿意浅唱低吟
与鱼儿一起
守护青山的倒影
与水草一起
揣测月亮的心思
在静谧的世外桃源
在这能够摸着月亮脸庞的地方
湖光山色耸立,透彻的格式
记忆深处折叠,所有内存

不是一支桨橹的邀请
我愿意是一朵涟漪
永远做月亮湖的卧底
我害怕每一次抬头呼吸
都醉风迷月
更害怕每一次心动
都像一瓣瓣掰开的洋葱
让我热泪盈眶

在麻河,时空虚构了一场互补

恰逢秋分。从家乡梁子湖
驱车麻河
赣方言的音节里
夹杂几句汉川腔
幕阜山与江汉平原是一场互补
细雨迷蒙与昨日燥热是一场互补
东西汊湖更是一场互补
金船银桨勾勒麻河渡的底色
在四联村光电基地
下面是一大片精养鱼池
荷叶田田与秋日的暗物质
演绎光合作用
上面一排排光伏发电板有序铺陈
咸湿的泥土芬芳在空气中弥漫
几捆芝麻萁就地打坐
白鹭斜飞,鱼儿洄游
见证了一场渔光互补的偶遇

在汉川喝掺汤

来汉川吃特色早餐,还需喝掺汤
灶膛的炉火炽烈有度
锅里的开水翻腾跳跃
剔透的苕粉丝等待做加法
瘦肉猪肝腰花
来一个三合一
财鱼瘦肉猪肝鸡蛋
配一个四合一
鳝鱼财鱼瘦肉猪肝腰花
整一个五合一
绿色菜叶在碗边点缀及时
吆喝叫卖声谈笑声此起彼伏
视觉与味蕾的精神通感
不管身在何方,地处何处
汉川人始终惦记的
还是这一口

壶口见闻

月光是影子的道具
火苗是灰烬的道具
漏洞是飞针走线的道具
天空之空是鸟儿的道具
国庆节长假,在壶口瀑布
远处的群山鲜见绿色
近处的黄河在奔腾咆哮
岸边,一位老大爷身穿白马甲
头包白毛巾,脖子上挂着旱烟袋
一条毛驴头戴三朵红花
静静地迎风站立
络绎不绝的人群,骑着毛驴争相合影
你预判了我的预判
我成了你的风景
身披"壶口二黑"字样的毛驴
四肢不稳,老大爷却在笑眯眯地
数着钞票

类比研究

汉江之畔,那些花瓣之语
接纳我的孤独
漫步摇曳的树影下
习惯性地做起类比研究
在我老家梁子湖,一些地名
夏咀,沙咀,桐油咀,湖瓢咀
浪尖里都有漂泊的轨迹
在临水而居的汉川,一些地名
如陈台、桃闸、蒋家滩、杨林沟
小木船漂划渡口两岸
南来北往都是友字号的人
土生万物,地纳千祥
老家的红薯,长在酸性土壤里
口感是又粉又甜
杨林沟的芋头,挺立于油沙之地

口感是绵甜香糯
老家沼山喝酒，一向先把
自己喝倒
而杨林沟的酒司令，是从
自己醉起
虽说一方水土养一方人
两地酒文化竟然
如此异曲同工
我惊诧于时光勾兑某个参数
凝练的热情好客
不是兄弟胜似兄弟
满眼秋色拌清风下酒
来日不如撞日
咱哥俩好
我先干为敬

玩泥巴

汉江蜿蜒，沃野千里
在汉川杨林沟镇陈台村
张开金用千年磨刀石黄泥为原料
一把乌壶的打制顺利开启
淘洗、过筛、沉淀发酵，反复锤炼
成陶土，拉坯、水磨抛光，自然风干
取松木树枝烧制，泥火而晶
众生皆为耶和华泥土捏制而成
然我淬火不足，心智不佳
在茫茫人海中虚度半生
下半辈子，决定拜张开金为师
以襄河之水，拌河畔之泥
立志做一个玩泥巴的能工巧匠
汲山川大地之灵气
悬壶济世，点石成金

大概率

前世五百次的回眸
才换得今生的擦肩而过
大概率,有灰犀牛神出鬼没
小概率有黑天鹅腾空而起
时空编织本初子午线
在茫茫宇宙中交会对接
久旱逢甘霖,他乡遇故知
在中南商业大楼的电梯
我与大学毕业后十多年
未曾见面的同学撞个满怀
在鄂州万联购物广场
连续三年的腊月二十九
我巧遇在天津工作
回老家过年的一位同乡
夜的背面倒着时差

天地连线首选微信视频
能够见面的概率越来越小
世界如此忙忙碌碌
大概率往往发生在某个聚会
某场应试 某个体检中心
也极有可能是某次
说走就走的远行

长袖善舞：氤氲了一截光阴

盘古开天撑开的那片混沌
晨风中的露珠
勾兑三山五岳的修辞
一路筚路蓝缕
袅袅升腾的是荆楚之气
从华中屋顶的云霄中飘来
从奔腾入海的江流中飘来
从黄鹤飞舞的振翅中飘来
从编钟奏响的大吕中飘来

雨的诺言唤醒不了夜的归隐
燧人氏钻木取来的一粒火种
点亮神农尝百草的黎明
藤蔓向上攀爬的速度
与阳光交换命运的绝对值

一缕缕芝兰雅香
氤氲在诗书酒茶之轮回

楚香,你的乳名
更是你的身体胎记
荷塘听雨,抑或傲雪寻梅
屈子行吟的辽阔
老子骑青牛出函谷的那份紫气
一截曼妙时光被融化
梦的背面,萦绕
一个长长的故乡

跨界

在次要诗人群
群主易飞
既是总编
又是中国书协会员
余述平是电影协会主席
又能经常写长篇小说
胡晓光的诗歌一写一串一串
吹出的箫声如泣如诉
轻柔如烟
在东沟镇大桥村
蓝海生态园
红莲开得妖娆
白莲开得妩媚
湖堤上是鄂州地界
迎来大冶保安湖的风

谭冰跃跃欲试
想下湖畅游一回
龚锦明此刻有拨弄
吉他琴弦的欲望
还是刘源望，说得好
在这云卷云舒的十里花海
视觉与嗅觉形成通感
跨界不是次要
而是必要

惊蛰

滴水成冰。在如画的江南
已属罕见。四野八荒一片茫然
一分隐忍沁入亿万年的河床
与时光底部,吮吸大地山川之灵气
剔除天真和粗粝的表皮。
严寒霜冻均为生命的绝对值
六道轮回,未卜先知。
世间漂移不外乎一个熬字。
历史的轶事与掌故,落入
黑暗潮湿的泥土。
悠怀寄月,以影答形。
群峰之上,万物皆是知音。
蜡梅绽放,身体的内伤
追寻另一个彼岸。
人生苦短,双臂桨橹奋楫。

物化外力，一声炸雷
内化某种倔强。
晴天，被阳光宠爱。阴雨，
被落英怀想

夜宿咸宁

阳春三月,步入淦河
氤氲弥漫中,一片浓醇绿意
从星星竹海飘来
手捧"南有嘉鱼""君子有酒"
口里诵读"首出庶物,万国咸宁"
就像李闯王误入九宫之格
思绪如大地深处的温泉
正在涨潮。沿街桂花树刚返青
羊楼洞一场烟雨
浇透万里茶路的驼铃声声
一封口信从幕阜山北麓传来
簰洲湾外侧大浪淘沙正急
历史硝烟在汀泗桥依稀可见
三国古战场蒲圻赤壁的鼓角争鸣
经历着新一轮风吹雨打

崇山之阳，春光暖照
龙泉山的樱花漫山遍野
通城通都通大邑
古瑶第一村寨，山歌满天
向阳湖抖动如椽之笔
书写新时代香城泉都巨变
我不曾记得哪里是时空的边界
耳畔不停地回响
一分蛰伏，一分律动
窗外，每一声鸟鸣都带有
鄂南的乡音

清风擂起一声虎哮,沿荆河流淌

将荆山璞玉,置于晴空下
与阳光交换绝对值
引来万丈火苗。点燃一甑炉火
取柏枝湖寺前的古井之水
淘洗郢都的时空陶罐
把荆江之南的五谷杂粮
化为粉碎原料。上甑,蒸粮
出甑,通风,凉茬
一曲离骚在酒醅中徐徐拌匀
入窖,封窖,跟窖,出窖
随后是酒过三巡,菜过五味
借月光之色,一叶扁舟下洞庭
我与虎桥成为八拜之交
微醺的酒意燃烧内心的奔腾
一口气饮尽家仇国恨

面北而立,剑指虎狼之秦
收复我大楚之地
无需在秋风中顾影自怜
夜饮东坡醉复醒
狂舞于楚天山水之间
战鼓催征,旌旗猎猎
虔诚与孝悌,如配料母糟
在荆河的波涛声中
又一次剧烈发酵

第一炉铁水

时间近乎凝滞
就像大战一触即发
一九五八年九月十二日
夜间十一时半
"开始装枕木"
厂长终于下达命令
李凤恩这位来自鞍山的汉子
带着六位老工人
迅疾走到风管口和铁渣口
把枕木一根一根向炉内递送
紧张的劳动场景简直无法形容
搬的搬递的递抬的抬
就算是汗流浃背
大家总有使不完的劲
脸孔被炉火熏得黑黑的

只看见一双双黑眼珠在转动
三个半小时装出枕木
一千五百根的纪录就此诞生
两个巨大的料斗一上一下
向炉顶运送一批批原料
九月十三日下午三时半
伟大领袖亲临一号高炉平台
此时,人声鼎沸火光冲天
李一清按下控制热风网的电钮
摄氏七百五十度热风自动吹进炉内
炉前工包秀良用最新式的
电动开口机和氧气火焰
捅开出铁口
武钢第一炉铁水
喷薄而出

红钢城码头

这里是红钢城码头,原名
蒋家墩。一号高炉
点燃青春的律动
十六路公交车从八大家
经过任家路　余家头　杨园
徐家棚　车辆厂　三层楼　汉阳门
时间缝隙,充斥汗水的
味道。上下班的人群
川流不息。江水辽阔啊
远处天兴洲若隐若现
从余家头　粤汉码头
或者折返,经过长长的石阶
登上船甲板旋转的楼梯
江风凉爽,潮起潮落
从宿舍到车间

从车间到宿舍
忙忙碌碌两点一线
钢花四溅，伴随一炉炉
钢铁淬炼重生
简简单单的幸福
诠释纯真理想
火红回忆一代人
每天多少来回的脚步
在此复制粘贴
轮渡汽笛长鸣
无数自行车铃声
在此交织
老牌咸汽水的泡沫
随同那根白发，散落在
茫茫人海

团结户

树缝下,若隐若现
一排排红房子从空中俯瞰
像极了一个繁写的"囍"字
光阴流转。彼时的青山
唤作荒五里
为了共和国的钢铁长子
成千上万热血青年
从祖国四面八方来此会战
从工棚改造的大通铺
到红砖砌成的单间
面积也就十来个平方米
没有单独厨卫
印满小飞机图案的画布帘
是团结户的标志
碰上亲朋好友来访

前面做临时客厅
后面是休息场所
年轻的血液奔涌激情
上班下班晚婚晚育
钢花四溅承载发展荣光
再累再苦都成为过往
团结户的泪水欢笑
见证了武钢
沧海桑田的巨变

红钢永红,青山常青

一号高炉遗址。微风吹拂
老式火车头静卧在时间深处
远处铁水转运车汽笛长鸣
在炼钢操控中心
钢厂就像一个高效运转的闭环
5G+无人行车、智能铁水调度
和无人巡线
红色武钢到绿色武钢
到蓝色武钢的精彩蝶变
从十万大军建武钢
到一米七工程二热轧车间
到如今的网络工厂
"高炉炼铁又炼人"
一代人有一代人的使命
淬炼已久的初心

伴随高质量发展律动
夸父逐日
勇立时代潮头
创业史需要铭记
红钢永红，青山常青

抽空季节所有的修辞

譬如春风和煦、雨后彩虹
譬如秋高气爽、白雪皑皑
一个个修辞轮番登场
一个个角色相继上演
世界变得流光溢彩
人生由此应接不暇

做一做减法
把季节所有的修辞抽空
譬如时光之借喻、语言之排比
譬如人格之拟人、视觉之通感
譬如句式之反问、手法之借代
像柴火蒸发多余的水分
像落叶卸下多余的枝干

生活的舞台
有彩妆,也要有清唱
摘下面具
一泓清泉穿林而过

一千只气球

时空,凝结成水
大地不再是唯一参照物
放飞的一千只气球
如同一千只蝌蚪
怀揣不同人生悲欢
选择自己的姿势漫游
地球公转形成黄金夹角
每一寸蔚蓝勾兑
万有引力的绝对值
一声声告白撕心裂肺
恰如夏天破壳而出
每只气球完成快意淋漓的
能量转换
空余散漫繁杂的
一段光阴

从临高角,遥望北部湾

过了五月,日子逐渐潮湿
候鸟选择飞翔
琼州海峡一股热带风
仿佛植物移栽浇下定根水
今晚与月色挨得很近
从家乡花湖国际机场振翅
一眨眼,让临高成为
生命的某个节点
钩沉岁月,那一年
大军南下解放海南岛
临高角似一枚椰子
仙人指路
西有大鹏展翅
东有南海秋涛
深陷热带雨林,万物蓬勃

突然想起儿时一些旧事
在老家沼山少峰
隔着太白港对望东沟龙塘
在外婆湾谈家大屋
隔着梁子湖相望余家嘴
如今在海南临高角
茫茫天际，遥望北部湾
河湖海本是近亲
波涛不分大小
只是在地壳深处
多了几个
相似三角形

在海边,摇醒时光

海洋,是一个巨大的局
耳畔是海浪冲击
礁石的声音
物体间存在万有引力
波涛连着波涛
海风中带有咸湿味道
你刚唱罢我登场
阳光雨水轮流坐庄
纵横捭阖诠释苍茫辽阔
海鸥成为一个点缀
树蛙的叫声哎叽哎叽
草木葳蕤势不可挡
花开是不可氧化的部分
万物在时间监视下
泛着青的音符

在儋州,拜谒东坡

元丰三年,因乌台诗案
北宋文坛的璀璨星辰
被贬谪黄州
与我的家乡鄂州
仅一江之隔
躬耕问稼,书寒食一帖
偶尔放浪山水
扁舟越大江
与樊口潘生做伴
步西山寻梅
以旷达之念救黎民苍生
同时自救于水火
绍圣元年
被以讥刺先朝之罪
再贬惠州

心安是吾乡

长作岭南人

绍圣四年，年逾花甲

儋州成为三贬之地

凿泉为井，劝民农耕

蛮荒之地播撒文脉

诗家不幸海南幸

问汝平生功业，黄州惠州儋州

仲夏，恰逢年休临高

又与儋州相近

特追寻先贤足迹

自知才疏学浅

灵魂上与先生毗邻而居

恐被他人耻笑

大浪淘沙

梦中突然醒来

霞光万道正如你的样子

一蓑烟雨，余生不负

做子瞻千年万年的拥趸

总有一些浪花,开在大海之外

风平浪静是一种假象
你要写大海
不能只写碧水蓝天
不能只写沙鸥翔集
一九五〇年四月十六日傍晚
海风吹灭不了星辰
韩先楚亲率四野两万多名勇士
千帆渡海,桅杆林立
越战壕破铁网炸碉堡夺险隘
木船打跑军舰
冲破"伯陵防线"
一举抢滩登陆,解放海南
八百多名烈士长眠于此
历史值得用心打捞
岁月沧桑值得铭记

总有一些浪花,开在大海之外
临高角是一座精神丰碑
椰子树成为大海
永远的图腾

时间与空间的过渡地带

海鸥扇动翅膀,驱散乌云
天更蓝,海更阔
鸟鸣传得更远
擦亮星辰,一轮明月刚满
信天翁在低空弄潮
白海豚在浅滩自由游弋
椰风孵化的潮汐
虚构一个旁白
在时空的过渡地带
总有一些身影,隐于浪花之中
指尖上香茗与双目对视
山海之间有一场能量转换
炊烟的标记,不可言说
唯有饮下今晚的月色
与你　同醉

与大海执手相认

一滴水流进溪渠
充其量是一个音符
一滴水融入江河湖海
就成为浪奔浪涌的合唱
越过江南田畴和五岭逶迤
一颗心放牧琼州海峡
在临高角,挽起裤管
于沙粒中淘洗陈年往事
风,此时是一种空
裹挟苦辣酸甜
稀释所有孤独伤痛
时间,总是守口如瓶
与宿命相关的路无从选择
每一片树叶有不同朝向
岁月之海,漫过双眸

终点把起点当作一道风景

世事回归于静默尘埃

每一寸浩瀚都深不可测

缘分注定有一场巧合

相对于大海

我与晚霞经历的是

同一个客栈

将一滴水寄存大海

逆风飞翔。盘旋、掠过
辽阔与苍茫向上攀升
海天一色幻化成内心集结
苏子瞻的生命突围
应和临高角的汹涌波涛
一场说走就走的远行
文化寻根难以抗拒
蓝天高远,伸手可以触摸
椰子树的倒影拉长人生顿悟
芭蕉熟了,杧果黄了
又是一场好雨
家乡梁子湖与心中的南海
邂逅隔世重逢的电闪
将一滴水寄存大海
一朵浪花催生另一朵浪花

苍穹之下，人间无恙
江枫渔火打开尘封的卷宗
一滴水是汗珠泪珠深情相拥
另一滴水，则化着时光
上岸的模样

与清江互为倒影

清江环绕,群峰耸立
这里是石灰窑和大山顶
蓝天白云锁紧土地的心结
恰逢中稻抽穗扬花
成片的苞谷开始低头
利川红与恩施玉露在此交集
小背篓载满发芽的心思
幺妹阿哥,以歌为媒
"女儿会"酿造一场爱的浪漫
月亮从虫声里漫出来
所有的羞涩土崩瓦解
穿越亿万年的河床
在历史的镜头中折返
与清江互为倒影
借土家摔碗酒的粗犷豪气

腊猪蹄和鲊广椒
佐拌时光酵母
连同凸凹的山脉一饮而尽
口里流淌一条清江
梦里枕着一条清江

红土乡印象

都有恋家的情结
驮着一缕山风
一群麻雀从远方
必须赶回红土过夜
红土溪边的巴盐古道
一只蜻蜓落在屋檐的横梁
门窗有些漏风
如同晚年牙齿脱落的父辈
百年老街见证百年岁月过往
一路观摩,一路思忖
红土为什么这么红
富饶的恩施东乡
本是酸性土壤凝练着倔强
红土为什么这么红
红三军的精神在朱家湾薪火相传

红土为什么这么肥
曾家院子和刘家大院
人文的藤蔓长满历史青苔
红土为什么这么肥
汪南阶播下一颗颗文艺种子
邓斌杨秀武吕金华等一批
"骏马奖""湖北文学奖"获奖作家
像一枚枚小土豆，踮起脚尖
从红土里冒出来

楚鱼香手记

九十里，长港之畔
一片绝佳的世外桃源
春有桃，夏有荷
秋有蟹，冬有藕
这里的主人公叫夏成茂
人们称呼他为螃蟹哥

下定决心从京回乡养鱼养蟹
源于一份农业情怀
更源于一次特别的心理刺激
早些年，夏成茂在北京卖螃蟹
江苏阳澄湖螃蟹一只
卖到一百九十八元
而家乡正宗的梁子湖大河蟹
一筐也只能卖到一百八

"人家论只卖,我们论筐卖"
强烈反差,让他决意回到长港峒山
把奋斗的背影留给光阴
立志唱响梁子湖品牌

土地流转,商标注册,挖渠补路
这些都是丝毫不敢怠慢的功课
月光从不后悔与夜色为伍
像一株小草从石缝里踮起脚尖
独自咀嚼内心的悲苦
和闪电灼伤的疼痛
在五百亩的田畴陇间
小心翼翼拼接乡愁与梦想

农业靠地缘,人缘
更要接天缘
几年前,技术中心建设之时
持久晴好天气给他提供
绝佳窗口期
现浇工程建设需要大量浇水
两次及时降雨
让他深信,苍天有情
一只知了在树杈上
也能喊出高音

彩虹是风雨的馈赠
一滴露珠被生活高高托举
阳光的反射弧晶晶闪亮
岁月让结痂瓜熟蒂落
心理的阴影面积得到求证
小草与星星的距离
不远，也不近

穿过贺兰山的指尖（三章）

每一块岩画都是一个传说

时光的襁褓，豢养人间的证词。雁群的翅膀，携带历史的回音。

"山石突出如嘴"，在"几"字型的秋千上荡漾。"石嘴山"，你身体的胎记和基因。

从钻木取火，到直立行走，"豁了口"磨刻的两个巨大脚印，每一块岩画都镌刻着先人活动的轨迹。匍匐在地球的心脏，那些不息的磷火，每一次闪光都是石头留下的遗言。

茫茫戈壁，是对决的战场；青青牧场，是野花的故乡。

秦大将蒙恬修筑"浑怀障"，一边舞文弄墨，一边把守边关"锁钥"。汉武帝长袖一挥，卫青、霍去病一路北征。每一缕清风都是一条路径，长鞭托举一道闪电。

黑夜抖落雪花般的羽毛，匈奴人败退漠北，蚂蚁的叹息被无限放大，鸟影缝合秋天的伤口。

山的雄浑，水的灵动，都融进大漠荒原。长风浩荡，西夏古国杀声震天，"山河之交"血流成河。

"驾长车，踏破贺兰山缺"，岳飞的《满江红》，壮怀激烈，热血如初。多少风尘裹着马蹄，沉淀在光阴深处。

棱角固然锋利，但经不住时光的风化，每一块岩画都是一个传说。在时空的坐标轴里筑巢，前世与今生订立契约，在风雨雷电中涅槃重生。

每一道涟漪都是一个密码

"大漠孤烟直、长河落日圆"，沙丘的胸脯里藏着骆驼刺热乎乎的喷嚏。"风吹草低见牛羊"，阿拉善的悠扬琴声飘过黄河东岸，白昼和黑夜在星空下窃窃私语。

浪花有韵，柔波有辞。黄河从此地流过，仿佛是一条金黄色的哈达。文字从一只只游弋的蝌蚪，慢慢长成一声声蛙鸣，一首诗从黄河的一滴水中溢出。

水是万物之灵，既滋润鄂尔多斯台地，同样

滋润银吴平原，"塞上江南"呼之欲出，季风搭乘最后一趟快车。沙冬青、野大豆、蒙古扁桃、四合木、贺兰山蝇子草和南芥，在此倔强生长。盘羊是勇猛的游侠，在此行走江湖。大天鹅是天使的化身，在此谈情说爱。斑嘴鹈鹕、黑鹳、白琵鹭是都思兔河的精灵，也是这个季节永恒的亮点。

岁月轮回的一个转身，把影子和灵魂伸向大漠，在沙海里浸泡一粒枸杞的行踪。把乡愁和思绪放入黄河的涟漪里发酵，一块卵石在河底翻着跟头演绎着孤独。

撑一支长篙在星海湖里放歌，石嘴山犹如一个吻着乳香的婴儿，聆听着塞外传来的长调，醉卧在贺兰山"海纳百川"的胸怀里。

用飞翔的姿势，牵扯游子思念的目光

银吴平原和阿拉善高原的天然通道，大武口沟是一个破折号。

千万年前，植物的根系在大地深处埋下一个伏笔。伴随桑田沧海，用淬火的方式锻打骨骼，岩层里热血奔涌。汝箕沟的太西煤，成为工业的血液，城市的亮光，人间的烟火。塞上煤城，"因煤而建，依煤而兴"，内陆腹地成为开放前沿，石嘴山发生了穿越时空的巨变。

　　风风雨雨六十载，生机勃勃的煤矿，已经定格为记忆的永恒。新时代的轻风吹拂大地，以国家资源枯竭型城市转型试点为契机，大力发展非煤产业和高新科技，走循环经济之路，打造贺兰山特色农产品加工产业集群，人无我有，人有我特，人特我新，下"先手棋"，闯"创新路"。

　　将生态作为发展底色，创新型山水园林工业城市熠熠生辉。以沙湖、星海湖、北武当庙、陶乐马兰花影视基地、中华奇石山、平罗钟鼓楼、贺兰山岩画、古长城错位遗址等景点的建设和打造为重点，以点带面、一线串珠，吃、住、行、娱、购、游，展示黄河风情、大漠风光，开发野外体验、冒险项目，发展极限运动，尊重个性化需求，打造西北人文风光带和旅游终极目的地。

　　岁月握笔，山河为卷。脱贫攻坚，初心作答。霞光缕缕，穿过贺兰山的指尖，古老而年轻的石嘴山，青春勃发。心随山风飞舞，一只诗意的竹筏，在黄河的涛声里劈波斩浪。

在喧嚣的尘世，端坐如莲（外一章）

烟雨南湖，红船载梦；开天辟地，敢为人先。

风正易举帆，水阔好行舟。理想信念是"压舱石"，

吃水越深，船行更稳。

现实生活是名利场。"糖衣炮弹"百变求生，"黑色陷阱"随处隐藏，"魅惑外衣"偷梁换柱。

高飞之鸟，死于美食；深泉之鱼，死于芳饵。"廉贪一念间，荣辱两重天"。

有人把"礼尚往来"当作"挡箭牌"，有人把"雁过拔毛"当作"潜规则"，有人把"你好我好"当作"遮羞布"。"你知我知"，掩耳盗铃。初心失守，覆水难收。

日复一日，年复一年。

"温水青蛙"，四肢发软；提线木偶，甘愿

"套牢",从此丢盔弃甲,葬身"欲海"。聚天下之墨,难写一个"悔"字。

千里之堤,溃于蚁穴。多少"官场快马",变为"脱缰野马",最后"黯然落马"。

见贤思齐,见不贤而内省也。"不忘初心,方得始终",居安思危,警钟长鸣,慎独、慎微、慎欲、慎权、慎始、慎终。

明鉴未远,覆车如昨。

常思贪欲之害,常怀律己之心,常积尺寸之功。出淤泥而不染,濯清涟而不妖。

南湖红船,栉风沐雨,破浪前行。

心有定见,无惧风雨

"衙斋卧听萧萧竹,疑是民间疾苦声。些小吾曹州县吏,一枝一叶总关情。"

权力是一把双刃剑。用得好,是责任,是义务。用不好,它是"春药",是"魔杖"。

"其身正,则百毒不侵;其身不正,则百病缠身"。有人权欲熏心,乱搞"圈子";作风霸道,把持"位子";文过饰非,喜爱"面子";利益交换,贪图"票子"。决策"一言堂",财务"一支笔",用人"一句话",行为"一霸手"。把事业搞成"自留地",把单位搞成"小王国"。

风成于上，俗化于下。有人忘记头上的"紧箍咒"，把组织教导当成"耳旁风"，在生活圈里"称兄道弟"，在交往圈里"吹吹拍拍"，在娱乐圈里"拉拉扯扯"。尺蚓穿堤，能漂一邑。大堤溃口，一片汪洋。"游刃有余"瞬间变为"黄粱一梦"，"台上人"沦为"阶下囚"。

欲知平直，则必准绳；欲知方圆，则必规矩。

校准思想之标，把稳行为之舵，绷紧作风之弦。

如履薄冰，如临深渊。在私底下，在无人时，在细微处；明大德，守公德，严私德；不放纵，不越轨，不逾矩。

人生没有彩排，天天都是现场直播。往者不可谏，来者犹可追。心不动于微利之诱，目不眩于五色之惑。

心有定见，无惧风雨！

第三部分　时代律动

每一次刻骨铭心壮怀激烈的出发

那一天出发,行色匆匆
从上海法租界贝勒路树德里3号
被迫转移到浙江嘉兴
此时南湖的上空烟雨蒙蒙
十三位热血青年攥紧拳头轻呼出时代强音
一条红船见证了一个伟大的党诞生

那一日出发,暮色渐浓
水深一到三米河宽六百多米水流湍急
为躲避国民党侦察机白天的轰炸
八万六千名红军在于都集结
铺板门板乃至寿木都是群众自发行动
一座座用瘦弱身躯架设的浮桥
都是坚定的意志在托举
战士们,三天四夜安全渡了河

那一次出发，风雪交加
六百里"魔毯"铺就的死亡陷阱
时而晴空万里，时而烈日炎炎
时而阴霾蔽日，时日电闪雷鸣
入夜寒流刺骨而红军破衣烂衫
吃皮带吃树皮啃草根喝马尿
上万名先烈长眠在这松潘大草原

那一回出发，风高浪急
十四岁的"支前模范"马毛姐
勇敢地参加了渡江突击队
一支支桅杆撑起的百万雄师势如破竹
从西起九江东到江阴的千里江面上
"打过长江去，解放全中国"的呼喊声
在天际寰宇中久久回荡

出发，是最苦的战斗
一个在近乎废墟中建立起来的新中国
真可谓一贫如洗百废待兴
闯荆棘趟冰河走戈壁跨沙漠
"天当被、地当床"风餐露宿
一九五九年松基三井喜喷工业油流
"宁肯少活二十年，拼命也要拿下大油田"
铁人王进喜的铮铮誓言

回响在松辽平原上空
四万多人从祖国四面八方激情出发
石油大会战的热火朝天感天动地
"李四光",一个响亮的名字
让中国一举甩掉了"贫油国"的帽子

出发,是最好的开始
面对帝国主义列强的孤立封锁和核讹诈
一批批中华好儿女从此隐姓埋名
一时间实验大军云集帐篷连营千里
多少挑灯夜战高原缺氧忍饥挨饿
坚持独立自主自力更生
某一天,一朵蘑菇云从罗布泊深处
腾空而起
中国第一颗原子弹爆炸成功
整个世界为之一片哗然
随后是氢弹爆炸成功和人造地球卫星发射
邓稼先钱学森于敏等"两弹一星"元勋
永载史册

每一次出发,都难免爬坡过坎
凤阳小岗村十八个村民的"秘密契约"
宛如平地一声惊雷
拉开了"大包干"的序曲

红手印催生联产承包责任制呱呱坠地
东方风来满眼春
"时间就是金钱，效率就是生命"
一座座高楼拔地而起
一个个外资企业纷至沓来
深圳，东南沿海边陲的小渔村
塑造了"丑小鸭变天鹅"的人间传奇

每一次出发，都经历风雨兼程
六次大提速跨越六次科技革命的"海拔"
从京广京沪京哈三大干线的夕发朝至
到广深快速列车最高时速达 200 公里
从引进高速列车技术，到自主开发时速
350 公里、380 公里的 CR 动车组
从绿皮车、复兴号、和谐号、磁悬浮列车
从"中国制造"到"中国创造"
实现历史性蝶变

每一次出发，都伴随星辰大海
从嫦娥奔月"绕落回"目标的顺利实现
到神舟飞天、天宫对接和火星探测
一次次太空行走和一包包宇宙快递
在追星赶月的激情豪迈中
五星红旗在茫茫天际中璀璨闪耀

蛟龙入海与神舟飞天交相辉映
在深度一万零九百米的马里亚纳海沟
由我国自主研发的"海斗一号"成功坐底
填补了国际上全海深无人潜水器
万米科考的空白

有梦想，我们选择出发
在西藏阿里高原
在漠河北国之端
在东方魔都上海
在南海三沙之滨
有梦想，我们勇毅前行
在鞍山炼钢炉前
在喀什红其拉甫哨所
在鄂州花湖机场工地
在湘西乡村振兴一线
二十大精神如东风劲吹
中国式现代化徐徐拉开大幕
科技创新如大潮奔涌
历史自信呼唤初心使命担当
港珠澳大桥挽起时代巨澜
"一带一路"浇灌
人类命运共同体友谊花朵
中国智慧中国实践孕育中国力量

领袖举旗定向掌舵领航
中华民族伟大复兴的巍巍巨轮
伴随太平洋的八面来风
劈波斩浪驶向远方

致敬,每一个披星戴月的
日日夜夜
致敬,每一个为梦想打拼的
华夏子孙
致敬,每一滴伴随奉献洒下的
汗水泪水
致敬,每一次刻骨铭心壮怀激烈的
铿锵出发

每一次举轻若重,都在跨越大海星辰

公元 2020 年 11 月 24 日
这是一个注定要载入史册的日子
凌晨四点三十分,海南文昌
长征遥五像一个充满蓬勃之气的青年
喷薄而出的火光璀璨夺目
这尾焰,映透琼州海峡
映透群山之巅,映透九州寰宇
这是中华民族一次史诗般的托举
黄道面上的一个夹角
2200 秒的劲飞
在佳木斯、在喀什、在阿根廷
一个个深空监测凝视的眼神
见证了 16 年来
中国嫦娥探月工程的高光时刻

梦想总在复制链接

基因总在不断传承

六百年前的一个夜晚

月明如盘

两手各执一个大的风筝

一个名叫万户的官员

绑在自制的47个火箭之上

希望在徐徐升腾

正当地面的人们在欢呼之时

第二排的火箭自行点燃

突然横空一声爆响

万户化作一团火焰不幸陨落

这是何其悲壮的飞天之举

1910年10月，美国旧金山

举行了一场国际航空飞行比赛

一位名叫冯如的有志青年

来自中国大陆

他驾着自己设计制造的飞机

以211米高、时速105公里、飞行32公里

获得了第一名

一扫当年"东亚病夫"的阴霾

让广大华人扬眉吐气

1955年9月17日

这又是一个值得永远铭记的日子
这一天,在美国居住20余年
被软禁五年之久的钱学森
站在洛杉矶的码头之上
沐浴着久违的海风感慨万千
这位被美国海军次长金贝尔誉为
"抵得上五个海军陆战师,宁可杀死他
也不能放回红色中国"的"家伙"
即将踏上返回祖国的旅程

当时的新中国可谓一贫如洗
但有的是一腔报国的热血
和一颗赤胆忠心
不怕苦、不怕累、不怕死
"没有条件,创造条件也要上"
这是那个年代的冲天豪情
在边关、在大漠、在戈壁、在荒原
倒下多少默默牺牲的身躯
凝练多少无私奉献的传奇
功夫不负有心人
皇天不负苦心人
罗布泊上空的那团蘑菇云腾空而起
"两弹一星"相继研制成功
百废待兴的人民共和国

让世界震惊，让全球哗然

牧星耕宇，一个民族不变的追求
探月追梦，一代又一代人的接力
杨利伟伴随"神舟五号"一飞冲天
翟志刚实现中国人的首次太空漫步
景海鹏一度"三问"苍穹
从嫦娥三号、玉兔号到嫦娥四号
玉兔二号再到嫦娥五号
中国人探月的步伐从未停止
各行业各科研单位的协同作战
从翩翩少年到白发院士

自重 800 吨的"胖五"
–252℃液氢和 –183℃液氧是其动力燃料
因此也有了一个"冰箭"的昵称
4 台液氢液氧发动机和 8 台液氧煤油发动机
构成 12 颗强大的心脏
总长 57 米的身躯，1000 吨的总推力
每一台产生 120 吨的海平面推力
发动机内部压强最高达到 500 个大气压
在将 8.2 吨的航天探测器送入预定轨道之时
总推力相当于把海平面的海水
打到 5000 米的青藏高原
这是神奇的洪荒之力

这是令人信服的华夏之力

要牵住一只太空的风筝

那一只巧妙之"手"是探索者的智慧

面对距离4亿千米的航天器

和38万千米的地月距离

深空探测和信息反馈

每一秒都有一个新的角度

15公里的落月高空

6000公里的时速

软硬件的"双加持"

1500——7500牛的可变推力发动机

"减速"何等不易

空中悬停片刻

激光三维立体成像

20厘米以上的石头被"剔除"

月面"盲降"被有效制止

四个自由度的机械臂

携带通用钻头

着陆器立刻变身挖掘机

伸"手"铲土

1731克月壤被收入"长筒袜"

像卷香肠一般放入密封舱

月面再次加速起飞

着陆器与上升器不断变轨变速

一对恋人的"时空"对话
组合体自主完成一系列高难动作
犹如一位凌空漫步的仙子
长袖善舞，婀娜多姿
"毛毛虫"运动的创意让脑洞大开
连杆转移接力，棘爪棘齿
顺向"走"动，逆向卡死
21秒之内的一"抱"一"抓"
样品成功转移

回"家"的路途充满荆棘
面对高速高温和"黑障"
跳跃式返回技术的巧妙组合
第一宇宙速度和第二宇宙速度交替
12月17日的凌晨
内蒙古四子王旗白雪皑皑
茫茫草原上的一颗流星
划破天际
23个日夜的漫长等待
返回器惊起一团烟云
我国首次地外天体采样成功返回

五星红旗那一抹"红"闪耀月球
"太空拥吻"浪漫惊奇

一封"宇宙快递"历经千难万险
航天人一路"闯关夺隘"
"绕、落、回"目标圆满实现
咬定目标,举"重"若"轻"
每一个细节都做到举"轻"若"重"
浩瀚苍穹,群星闪耀
一代人有一代人的创新"坐标"
一代人有一代人的精神"偶像"
五十年,对于茫茫宇宙只是短暂一瞬
然而对于中国航天事业来说却是非同一般
在嫦娥五号胜利返回的号角中
在追梦赶月的激情豪迈中
回眸一个个闪光的名字
如同一座座丰碑
让我们铭记
钱学森、任新民、黄纬禄、梁守槃
屠守锷、孙家栋、戚发轫、栾恩杰
吴伟仁、李东、欧阳自远、胡浩
张玉花、于丹、杨永安、王勇……
伴随每一次五星红旗的升起
每一次脚踏实地
都是为了仰望星空
每一次举重若轻
都是为了跨越大海星辰

时光脸谱:让沧海对话桑田

一个硕大无比的俄罗斯套娃
归隐在古铜镜的背面
风雨暮归,与时光形成强烈映射
皓首穷经的影像——弥漫开来
筚路蓝缕决定时代潮头的走向
一代雄主熊渠在此拓土开疆
次子熊红成为鄂王
铜绿山的炉火
冶炼鄂渚反顾的韵脚
一根丝线触发狼烟四起的颤动
钓鱼台的视野外,鼓角争鸣
旌旗猎猎
龙蟠凤集与"以武而昌"
彼此成全
吴王孙权在此建都称帝

时间总是千回百转

封建帝制在风雨中瑟瑟发抖
吴兆麟将军临危受命
程正瀛勇敢打响辛亥革命第一枪
彭楚藩烈士大义凛然流尽最后一滴血
大江大河孕育的生命基因
"敢为人先"成为
鄂州人的鲜明底色

一道闪电划破长空
"打过长江去"的呼声震天
江南小城重新回到人民的怀抱
激情燃烧的战天斗地
合作化的浪潮一浪高过一浪
"才饮长沙水,又食武昌鱼"
一代伟人闲庭信步
从"湖乡"到"钢城",西山氤氲弥漫
湖北第一家地方钢铁企业——鄂钢
冒出第一炉热气腾腾的钢水
昔日小县城一跃成为
"湖北冶金走廊"的明星城市
中学语文教材里《春满鄂城》
琅琅书声在荆楚大地持久回荡

改革春风吹皱一池春水
"以工立市"演绎时代音符
紫菱湖畔桃花灿烂
把理想代入发展的方程
大胆假设，小心求证
第一家外资企业长进制衣拔地而起
白浒山外贸码头百舸争流
伴随机声隆隆人声鼎沸
湖北第一家开发区在葛店挂牌
从无到有从小到大从弱到强
几代人追星赶月披星戴月
生物医药光电子新能源新材料
爱民制药三安光电杜肯索斯纷至沓来
唯品会沃尔玛当当网的鼎力加持
从省级开发区成功跨入
"国家队"俱乐部

望山看水忆乡愁
殷殷嘱托铭记在心
大美梁子湖不断扮靓生态颜值
九十里樊川清波荡漾
乡村振兴的大美和弦
魅力峒山发生巨变
"湖北之根""武昌之源"

昔日单枪匹马汇成
今日千军万马
历史选择鄂州，世界为之惊叹
花马湖畔候鸟迁飞
三乡八村六十湾的辛酸付出
四年多的征迁和建设之路
把雨天当晴天，把黑夜当白天
把一天当两天
坎坷与泥泞并肩
泪水与汗水相拥
千年走马石——见证平地之上
亚洲第一、世界第四
现代化国际4E机场腾空而起
月光照亮一座城池
从"钢城"到"港城"华美蝶变
一朵蜡梅催开广袤的天空
巧借"中国芯"的最佳视角
凸凹的山脉伴随江河
奔涌的烈性
用自己的姿势展翅飞翔
武汉新城与机场"双枢纽"
两大省级战略
跻身其中，无上荣光
梦想册页，故乡被重新装订

四十年鄂州栉风沐雨
四十年鄂州掷地有声
所有的辛勤付出都不会被辜负
沧海桑田,变了模样

第四部分　诤语良言

母与子的诗性关系与对话
——读刘国安组诗《十指连心》

陈啊妮

刘国安是个诗人中的孝子,是孝子里的诗人,这么说并非仅仅因为读了他的《十指连心》组诗,诗人写母亲,从来都是不衰的主题,只是一般的诗人写母亲,会写得更光润讨巧,但刘国安的这一组诗,从头至尾都给我一种"憨笨"感,呈现了儿子在母亲面前永远的那种"听话"或"懂事",又不那么"聪慧"及"精明"。这正是我要找到的那种感觉,也是人间最好的那种母子关系——母亲"诲子不倦",儿子"顺母不疲"。在这一组诗中,无论何处,母亲对儿子都是导师,有时是哲学家,有时是诗人。

诗人写母亲,其取材及取景,完全来自实材实料般的实景现场,几笔便勾勒出生活中最本质的"筋络"和本真的映像。仔细读了刘国安的《十指连心》后,我发现他几乎"放弃"了抒情,而是结结实实用细节编织诗章,更多地发生在母子之间的对话,皆涉及命运这个主题。而日常百姓间有关命运的讨论,无关乎玄虚的哲学,只有直接地对笼罩于身体的光晕的穿刺,在某个瞬间,形成诗性的生命感知。如《母子语法》中,"又是草木葳蕤的季节/我将采摘的香蒿/使劲地揉出青涩之味/加些许腊肉翻炒/将米磨成的粉子掺在一起/调和的是温水/母亲在灶膛里添柴/我把蒿子粑粑贴在锅边",在具体生活中,他们这种在既定规则的边缘的"倒腾",是对命运的接受,是尽最大可能对清贫日子苦味的调和及涣散,也是小小的"挣脱",尽管这内设的改变现状的原动力是那么微弱或仅仅的一念乍现。母亲说"人要忠心,火要空心",心态上所呈现的不同状的"一实一虚",从中也许能悟出更多东西,在此诗人没有就语义上潜意识形态的"艰涩"作过多渲染或诠释,他留给了读者。所谓的"母子语法",也就是母子二人承接生活风雨时,发生在两代人之间的一种心态,而诗人秉持这一心态,同时面对已进入耄耋之年的母亲,及仪态万千的人世命运。

《手摇压水器》中的母亲仍不自觉地充当了哲学家的角色:"压水之前/母亲交代/要用一

瓢引水 / 这是做人的道理 / "滴水之恩，涌泉相报" / 手摇臂的伸展 / 亦步亦趋 / 如同老母亲佝偻的背影"，也可以说这是母亲的"人生观"。这首诗充分说明了诗人日常生活观察的辨识力，不是停留在表皮的物象上，而是深入其里的观照，力求更深刻的表达，具体落实到文字上，又是借"母亲"不经意地流淌出来的，即诗意的形成和诗性的闪烁，诗人没有做刻意的安排，通过质朴的叙事，达到了"没有抒情的抒情，没有讲理的讲理"的效果，或者，刘国安在写作此类诗歌时，已然把叙事和抒情作了深度融合，让读者感到他在朴实地讲述一件有关母亲的事，而把情绪的汹涌深藏于内在，细读之后，其情感的肌理才愈加毕现。同样，在《母亲的双手，是一场宏大的叙事》这首诗中，诗人在故事情节推演及细节铺陈中，把激越的情感处理得如此"风轻云淡"，可见诗人控制情绪的意志力非凡。他和通常可见的有关母亲的诗不同，能够自始至终"摁住"情绪喷发的"漏点"，读者也可能隐约感到一种跃动，如纸面下卷动的风，但又没有实据说明诗人"破防"了。这首诗真切地令我感受到刘国安"亲情诗"平静的力量，如一个脱口秀明星，在观众不住地捧腹大笑时，他始终如一的那副认乎其真的表情。

让我进一步加强了刘国安的诗歌"控制力"

印象的,是《屋梁上的那截时光》。诗人写到"大集体时代",这一称谓也让我们更逼近现场,显然那是一个苦难岁月,但诗人一系列细节的罗列,仍保持了"就事论事"式的叙述,丝毫没有受到情绪起伏的干扰:"大集体年代/物质奇缺/布票粮票总嫌不够/为姊妹五人添置新衣/是母亲年末岁尾的操劳/一些寿布叫染工染上颜色/也能成为过年的新衣",在读到这几句时,我甚至看到诗人脸上轻扬的笑意:对儿时虽困苦但温暖时光的回忆。读者也能从这首诗中,读到坚强而乐观的母亲,为了生活,没有怨天尤人,即便搞到一些"寿布",也要染上彩色,仿佛一种"向死而生"。那个年代的人民,无数个"母亲"不都是这样过来的吗?她们也有那个年代的笑声,精神和希冀:"待到儿女们一个个张开羽翼/母亲/像紫燕一般/在屋梁上/留下/一截时光"。诗人在此,实现了从平凡中建立神奇之效,仅仅用寿布染色这一点,就让这首诗立住了。通过这首诗,我从内心悄然校正了对苦难的认识,对世纪灾难的判定,对厄运的态度。

  正如本文起始我就判定刘国安为"孝子",《锁定戏曲频道》给我提供了又一佐证。读了几行我就不禁流泪了。我相信诗中描述的是真实的事。我为何如此激动?这让我想起更多的母亲,在儿女"出息"后，却由于巨大的生活习惯的差别，而难以享受儿女的"荫庇"，从而成为事实上的空巢老人而孤独终老。母亲对子女的要求，其实也等于没要求，就是能让她随心随意一点，比如诗中的母亲，她的唯一爱好就是听戏，再多再高端的物质条件都不如与她骨头里血性一样顽强的追求："我把电视锁定在戏曲频道／这是母亲最大的爱好／一边看着电视节目／一边剥着苕藤梗子"，如果进一步，就是："母亲与我们解说着剧情／眼角和眉梢露出的都是笑意／一改往常早睡的习惯／与我们拉起了日常／乡村那些陈芝麻烂谷子的旧事"，也就是不厌其烦地倾听和恰到好处的回应——这就是一个含辛茹苦一辈子的母亲仅存的念想？这首诗无形中树立了"孝子"的形象，不禁令人起敬。如同诗人不着痕迹的抒情，他对母亲的爱和照顾，也是不经意间"风轻云淡"般进行的，仿佛自然界的"反哺"现象，源自于天性。于淡泊和朴实中建立的母子情深，恐怕唯有用"真"这个字能诠释。

《抱鸡母》的形象恐怕是最贴切的母亲的代言形象了。诗人在诗中写的"抱鸡母"，正是他儿时的记忆，这一段文字异常生动形象，又撼人心魄。我们都是在那两张战栗但温暖的羽翼下长大的娃，读者读的是"抱鸡母"，但脑子中不断闪现的图像可能就是一个母亲的身影——甚至是自己的母亲。这首诗让我读到了纯粹,一种纯棉般的精神姿态和书写格局,如"抱鸡母"般的纯厚、坚执,关键时刻的奋不顾身或及至"疯狂"。这首诗对抱鸡母的书写,也可认为不属个人想象力的范畴,是对自己母亲的"临摹",更不是诗人隐秘的私人关联和精神成长,它是天下最为"大白"的真相。同样这首诗不能算作诗人对儿时生活感情脆弱的怀旧,诗人实际向那个年代致敬,因为母爱疯狂播撒的岁月,什么样的故事都该是甜的,温馨的:"恰逢端午/兄弟姊妹相约回到老屋/母亲一大早忙活起来/一缕炊烟在屋顶升腾/佝偻的背影与灶膛火光/形成映射/此时的母亲,像极了/那只饱经风霜的/抱鸡母",至此,诗人既完成了对母亲的颂赞,也完成了对生活的颂歌——我更多从刘国安这里,收获了"努力快乐活下去"的立意。

与前述纯然写实的诗歌略见不同,《炒剩饭》和《烤红薯》这两首诗是诗人在现实场景外,幻化过的意象。这里的"剩饭"多了一层喻示,是母亲从小到大一直响亮在诗人耳边的"唠叨",所以我以为《炒剩饭》写得很巧妙,尤其是叙述的切入口,和十分贴切的比喻:"像一盘老式的磁带/母亲的话题穿越岁月的尘埃/经常倒带或者重复。"《烤红薯》则完全把"红薯"拟人化，成为母亲养大的一个"孩子"，从一定意义上说，这一类比也可以源自母亲复杂的情感世界，一种因思念在城里生活打拼的子女，而寄托于一筐要进城的红薯上，或许只有一个母亲的胸怀才能产生这样的联想。日子越"烤"越甜，但火烤的过程还是让母亲揪心的，所以这首诗，从另个侧面，或母亲的内心，折射了母亲的心思。

刘国安大胆的想象力和比喻，在《创口贴》这首诗中得到体现。他说："长期匍匐在地球的胸口／母亲的背部折叠成了九十度／一生的辛勤劳作／母亲的身体／急需一枚／创口贴"，说实话，第一眼读到，我甚至感到有点不妥，来回读了三遍，突然想起罗中立的油画《父亲》，老汉粗糙的手指上缠着的那块创口贴！至此，创口贴一点点放大，我们的父辈积劳成疾的身体，所能享受的修复，岂不就是一张"创口贴"么？创口贴是对伤口的抚慰，但也是一种隐藏；既是一种生理疼痛的缓解，对心理的疗理有多大作用呢？罗中立《父亲》手指上的创口贴一直贴在人心上，而刘国安的创口贴，是扩散和延展开来的巨大意象，是献给天下所有母亲的。在此，我还得说，刘国安是孝子，作为诗人的他，是所有母亲的孝子。

陈啊妮，西安人，诗评家。

乡土记忆的诗意构建
——刘国安诗歌简评

卢圣虎

一个诗人的表达方式与其个性往往有着某种神秘的关联。对直率、朴实的刘国安先生而言，这种关联度更为明显。他的诗风干脆、老实，绝不拖泥带水，就像他日常快人快语，很少隐而不发或王顾左右。他注重诗歌的叙事，鲜有高蹈的抒情梗滞其中，属典型的写实主义风格。这使他的诗歌线条明晰、推进流畅、一诉到底，有时过于平实，有时又过于急促，但自得一种"诗在事外""诗在言外"的艺术效果。体现在文本结构上，刘国安的诗歌有一个与众不同的特征，他的诗从来没有分节，像无缝对接的精密仪器，无视节奏、跳跃等布局技巧上的辅助处理，直接以分行间的内在逻辑让诗句奔涌向前，直到作品完成。

　　这种个人偏好多少反映了诗人的价值笃定和审美志趣。一方面，在行文断句的取舍中，他至少不会盲目跟风，不会随波逐流，保持着自己言说的习惯而更自由地专注于诗歌表述本身。另一方面，诗歌的递进更加连贯，无形中会剔除一些影响诗义伸展的芜杂元素，从而准确呈现出元诗的本质风景。

　　由此还自然玉成诗人的创作取向，更多的笔墨泼洒于当"涌泉相报"的故乡。也不是单线条地倾诉思乡之情，而是以故乡——沼山为圆点，向周边熟悉的生活场景乃至随时代消逝的镜像无限辐射，既完成一种美好记忆的在场还原，更倾注了诗人对乡土文明的深刻依恋和反思：榔槌将时空琢出几个鲜红血泡/以喂养我匍匐前行的执着与卑微(《榔槌将时空琢出几个鲜红血泡》)。试着用五谷杂粮和粗茶淡饭/用一段生活的清苦/去稀释体内糖分堆积的甜(《那些泛着童年苦涩味的甜》)。

　　身为公务员的刘国安用一种虚化的口吻解释着他的乡土追忆。而究其实，这是刘国安的谦逊惯性，其凝入骨髓里的乡土情结不仅仅外化于日常生活，还深度贯穿于他的典型化诗写中。

　　对于一方地理的诗意迷恋，古今中外的诗

人、作家多有经典表现。如王维的"辋川",如托尔斯泰的雅斯纳亚大庄园、福克纳的罗望山庄等等。这是他们生活的立足点,也是他们精神的发力点。诗人刘国安的"精神栖居地"就在梁子湖畔的沼山,这是他的诞生地、成长地,也是他定居鄂州多年后仍念念不忘的人文厚土。他的大部分诗作,均以沼山为底色,用具体的记事串成一段过往的人文锦绣,所涉物事包罗万象,几乎可以拼凑出一段相对完整而丰灿的乡村风物史。如《时间简史》:

怀万截流港、沈家寨、冯刘、桐油嘴张、九房、谈家大屋、舅舅家的铁铺、丛林中学、金福祠堂、下赛口、竹子林、王铺大塘……诗人动情地追寻着当年的快乐路径:有些路,曾经遗忘/在岁月拐弯处留下来时脚印/有些路,必须时常走走/不至于在心底过早地长草荒芜。

在《龙塘素描》中,诗人回忆侧船地、前海湖、长岭中学、龙塘木桥等乡村地理,既有对乡村振兴的期许,也有对难忘旧事的刻骨留痕。

对乡土记忆的人文构建,是刘国安诗学的一个重要落脚点。随着时代的发展,曾经的乡村图景倏然难觅。以诗歌的方式有意识地留存这些时代记忆,并赋予一方地域独特的文化内涵,是刘国安挖掘这类诗歌的美学动力。其创作志趣更多地集中于乡村俗事,有痛楚,有惆怅,有留恋,更有守望,复杂的乡土迷恋嵌入沉厚的诗意,给人以强烈的共鸣。

由此,我们在他的诗歌中能开心地触摸到众多的"乡土遗产",让人格外亲切,温润动人:木锨、风谷机、米筛都在做减法/剔除碎粒、秕谷、杂质和尘埃/留下现实的骨感/和梦的种子。(《学日历每天做道减法》)

诗人对乡土的炽热以对母亲的书写为盛。在大量的乡土题材中,"母亲"这一词根时时闪现,或抽象或具体,可以认为是诗人刘国安的表意核心。一方面说明了诗人与母亲的深厚感情,另一方面也卓显了诗人的赤子之心及纯正的诗写基调。当两者在时间、空间维度重合或相撞,必定会产生强烈的化学反应——诗情便喷灌而出。

诗人写《手摇压水器》:

压水之前,母亲交代
要用一瓢引水
这是做人的道理
"滴水之恩,涌泉相报"
手摇臂的伸展,亦步亦趋

如同老母亲佝偻的背影
水流哗哗，一枚月亮
养在水桶之中
伴随着吱吱呀呀
每一次从地层深处的开掘
都是祖祖辈辈的喘息
与悲鸣

诗人的孝在地方是出了名的。无论多忙多累，每到周末，他都会驱车回到老家陪伴自己的母亲，或唠唠家常，或亲自下厨做一顿可口的饭菜，一碗红薯稀粥，一碗折子粉，他都精心调制，既是心灵的洗礼，也是感恩的修行。几十年如一日，从无间断，在乡里传为美谈。

只要回去还有一声"娘亲"可喊
我觉得母亲的老调重弹
比往日炒的剩饭
还要可口，还要喷香
——《炒剩饭》

这种孝，如果注入诗人的诗歌肌理，就是向善向上的营养，就是自然天成的诗歌之魂。
《乡村除尘札记》为我们描述了司空见惯的

过年习俗，但诗人用笔之真实、用情之深切，令人感动：那些锅碗瓢盆的交响／伴随一缕炊烟冉冉升起／此时，母亲佝偻着的背影／高过粒粒尘埃的卑微与浮沉。

　　泰戈尔说，如果一位诗人不走进他们的生活，他的诗歌的篮子里装的全是无用的假货。这句名言用以印证诗人刘国安的诗写，是生动而准确的。的确，刘国安的诗歌创作有力地诠释了"修辞立其诚"的艺术修养，立足于熟悉的乡土，忠实于时代故事，手法看似传统，实则葆有个性化的先锋意识，不是单纯的写实，而是在白描式的陈述中融入真情实感，所以他的诗在生活之中，又在生活之上。从某种程度上说，刘国安既是一名优秀的乡土文化学者，更是一位以特殊地理不断认识自己的出色诗人。

卢圣虎，黄石市作协副主席、《黄石文学》执行主编。

而温婉暖心，而冲淡平和
——浅析刘国安诗集《梦的入口处》

陈绪保

诚如诗集《梦的入口处》的名称，刘国安站在一个收放自如的点位，向后看，是人间烟火；朝前走，则是梦的世界。事实上，诗人已完成了由现实进入梦想，又由梦想回到现实的闭环造境。因之，诗的翅膀就有了飞翔的入口和出口，由此呈现的诗写空间，放射出诗人外察内省、诗意飞扬的光芒。

现实是刘国安诗歌生长的土壤，向下看的、善于发现的眼睛，让他的触觉直抵生活之根。他用纯朴的初心，淘沙滤金，构筑诗歌之巢，不高蹈，不虚饰，不矫情。以第二部分《故园乡愁风》为例，乡愁是文学的母题，乡愁之情最能感动我们的莫过于刘国安写母亲的篇章，温婉暖心。"母亲在灶膛里添柴/我把蒿子粑粑贴在锅边/'人要忠心,火要空心'/母亲总是语重心长"(《母子语法》),"压水之前,母亲交代/要用一瓢引水/这是做人的道理/'滴水之恩,涌泉相报'"(《手摇压水器》),这是一个明理而心地善良的母亲!她在不经意中教育儿子为人处世,给儿子留下深刻难忘的记忆。刘国安在多首诗中写到母亲的吃苦耐劳和心灵手巧:"在后山的地埂上砍柴火/突然从刺蓬里飞出一窝黄蜂/蜇得母亲遍体鳞伤……生产队组织去牛山挑石头/一块石头将母亲的脚趾砸伤/她不吭一声踉跄前行/如今,年过八旬的老母亲/在老家的院内打理几分菜地"(《创口贴》),"耄耋之年/母亲尚能穿针引线/绣个鞋垫,编个蒲团/都是她手中的绝活"(《屋梁上的那段时光》)。与母亲相关的一些往事,诗人娓娓道来,不事雕琢,白描式的摹写,给读者带来温婉暖心的感觉。刘国安是我们圈内有名的孝子。工作在外,只要是周末、节假日,他都坚持回乡陪伴老母亲。母亲在,家就在,故而,回到家,诗人就有"像路由器迅速找到WIFI信号"一样的感应,并能找到"母子之间最好的语法"(《母子语法》)。

温婉暖心带来的是冲淡平和的诗歌风格,哪怕描写底层生活的艰辛,也是于冲淡平和中不露声色地赞美生命的坚韧和达观。在《补胎》中，诗人写道："一缕斜阳将佝偻的身影拉直/在光阴的空白处/缝补自己平淡的人生"。而《蹭网》里，雨天，在爷爷的陪同下，为了完成作业，小女孩蹲在有网人家的屋檐下蹭网，"一团火焰，孵化/满天星辰"。诗人将一个令人心酸的细节"开光"成对生活的美好追求。《的哥张三》则从去城里谋生的乡村青年的层面，写出了生命的坚韧。城市，现代工业文明的宠儿，既是乡村青年奔走生活的驿站，又是他们融入现代文明的"他乡"，的哥张三"用汗水勾勒人生弧线"式的拼搏就是城市化快速发展的今天，千千万万农村青年奋斗的缩影。他们付出的代价是农村的空心化。这个命题是沉重的，也是时代进步必然承受的痛，发人深思。

如果说对乡土生活冲淡平和的表达，折射出诗人理性之光，那么，对城市市井生活看似漫不经心的勾勒，则是诗人体察到市民个体或群体达观的表现，呈现于诗的语言层面，淡而有味，淡见深意，更显语言调控的功夫，像《恳谈会》、《户部巷》《洋澜湖》等诗篇莫不如此，一地鸡毛之后，一切终将回归人间烟火。至于烟火深处的暗影，比如《巷口烟酒店》，声气吐纳，或可唾叱，图口舌之快，然绵里藏针，与冲淡平和一脉相承,不失为一种智慧表达。

  温婉暖心是内核,冲淡平和是气场,二者表里呼应,浑然一体,营造了诗集《梦的入口处》和美的美学之境,沁人心脾。

陈绪保,鄂州市梁子湖区作协主席。

故乡的年轮
——读刘国安诗集《梦的入口处》

周承水

我很少读新诗了。随着自己步入老年，唐诗宋词、文化史籍等书，成了我晚年的阅读对象。最近，刘国安将他的新诗集《梦的入口处》赠送给我，我先是随便翻翻而已，但读着读着，一股新风扑面而来。我边读边思考，发现《梦的入口处》有一个很大的特色，这就是故乡的年轮。他的诗歌，一直在捕捉时代生活的脉动。

人生天地间，谁不怀念自己的故乡？谁不关注自己的故乡？对于一个游子来说，故乡的一草一木，一山一水，一墙一瓦，一变一化，一风一俗，都能勾起无尽遐思。正如诗人艾青所言："为什么我的眼里常含泪水？因为我对这土地爱得深沉。"汪国真说，熟悉的地方没有风景。罗丹却相信，生活中不是缺少美，而是缺少发现。的确，刘国安有一双善于发现美的眼睛，他能在人们司空见惯的事物中，发现诗的存在，直指世道人心。

《梦的入口处》的纯粹性和诗意，让我不敢也不愿错过每一行精美的文字。《梦的入口处》是书名，我的阅读是从这一诗意般的书名开始的。《梦的入口处》不是抽象性的概括。诗歌需要的是明朗性、简洁性和形象性。诗歌崇尚珍贵的细节。《梦的入口处》是诗人的窗户，是诗人手里扔向水面的一块石子，荡漾的诗意，是诗人的妙手一掷。

读诗，与其说是因为理解才会喜欢，毋宁说是因为喜欢才会有更好的理解。理解不是因为形成了最终的答案，而是动态地欣赏，享受诗歌不断涌现的美感和启示。

我喜欢《梦的入口处》是因为诗人独特的视角，独特的语言风格。诗集中的篇什像时光在树干中一圈一圈为故乡旋刻的年轮，每棵树的年轮无不出自时光之手，荣枯变化、生息轮回。虽为大手笔，却总令我觉得有一丝遗憾。如果这年轮不是时光写就，而是自立挺拔、生命勃发的自传该有多好！面对时间的命题，诗人与哲学家相比，更能发现人的自觉性、自主性。先贤大哲如

"逝者如斯夫，不舍昼夜"、"人生天地之间，若白驹过隙，忽然而已"的喟叹，总让人感到时间的绝对和无情，而诗人却可以让时间的长河中荡起涟漪，激起浪花。纵然韶华易逝，却用托物言志、融情于景的形象思维，将美的瞬间聚成光华，煜亮了庸常的人生，在流动不息的时间面前不是无可奈何，而是可以诗意地参与、挚情地把握，时光的年轮喻示着时间并非只能线性地流动，还可以一圈一圈地漾开，给人一种可视感、空间感，可观、可触。

时光牵着风的手
在无垠的旷野奔跑
线装的江南里
抖落一段段光阴
一个季节
刚刚卸妆落幕
另一个季节
又扯起了缤纷的旗帜
乡愁常常疼痛
记忆折叠着相思
心灵的牧场开始返青
找半盏月光
照亮迷路的脚印

寻一片绿叶
晾晒久违的乡音
当夜只剩下心跳
梦在独自生长
…………

——《梦的入口处，春暖花开》

在这首诗中，我读出了诗人故乡的年轮。

诗人在《后记》中写道："诗心是一种思想表达和情感宣泄，也是灵魂的一个渡口。"诗集中大多数作品都是诗人在阅历丰富、学养深厚的中年时期写成的，带着追忆的情怀和视角，行吟在自己的故乡。一方面是诗人的出生地，梁子湖区以及由此延伸至鄂山吴水；另一方面是诗人昔日留下足迹的地方，更准确的是所有在精神上眷念过的地方。

诗集分为三个部分。第一部分为"市井工笔画"，收录诗作29首；第二部分为"故园乡愁风"，收录诗作36首；第三部分为"时光万花筒"，收录诗作43首。全书共108首诗。我感觉第一部分的特点是"市井的寻觅"，第二部分的特点是"故乡的吟唱"，第三部分的特点是"时光的沉淀"。三个部分的诗歌并无优劣之分，不同之处在审美情绪的变化。共同点有三：一为诗人以其高雅的审美赋予读者愉悦的艺术享受；一为探索美和探索历史的两条线索并行，给读者以"诗"和"思"的深邃之美；一为题材切口小，但容量并不小，而是以一滴水来折射世象。诗人没有长江黄河般的宏大叙事，只有小桥流水般的低吟浅唱。诗人凭借良好的艺术感觉和对诗歌意象的精心营构，使人们领悟到诗歌气象的无穷和美妙。

如果说上述所言，是我对《梦的入口处》的总体感观，接下来，我想以《庾亮楼》为例，说说自己的阅读体验。

岁月，瘦了
城墙，老了
伫立在庾亮楼前
借一缕清风
打开时光的册页
一道闪电划过苍穹
一柄利剑直指六州
征西将军名扬四海
儒学巷里的琅琅书声
借一缕乡愁拌月光下酒
南楼的笑声
飘荡在历史的天空

一滴寒溪漱玉

擦拭时光的尘埃

洋澜湖的清波

映照西山的倒影

清风与斑驳的石墙

早已了然于胸

庾亮楼前的千年月光

依旧洒满清辉

这是一首令我惊喜的咏史诗。在这首诗中，我读出了古武昌的年轮。咏史诗和咏怀诗、怀古诗颇有相似，但也仅仅是相似而已。咏史诗以吟咏对象和主观情感的寄寓方式，区别于咏怀诗，以能发吟咏的依托，区别于怀古诗。如果在细品《庾亮楼》之后诵之，随着音韵变化的节奏，我们会陶醉于诗歌的意韵之中，有妄言之感。难怪韦勒克和沃伦在那本著名的《文学理论》中说："每一件文学作品，首先是一个声音的系列，从这个声音系列再生出意义。"诗人的文字是会呼吸的，只在心灵深处起伏。"岁月，瘦了／城墙，老了"，这两句写得风雅灵动。这种风雅，并非简单地抒情，而是一种经过精心运思后的自然风雅。这里有两个关键词，一个是情，二个是景，二者合一，旨在寓意人文情怀与历史遗迹的诗意结合。"一道闪电划过苍穹/一柄利剑直指六州",武昌城才留下了"征西将军名扬四海"的佳话,因为有了庾亮这位传奇名将,鄂州的文化底蕴才更加深厚、更具神韵。"清风与斑驳的石墙/早已了然于胸/庾亮楼前的千年月光/依旧洒满清辉。"这四行在音律上的呼应,让情感在一种近似于摇摆的舒缓中向深层递进,托古抒情,感情会更有深度、更有张力,许多话拥挤在笔端,无由表述,拈出历史典故,则山高月小,水落石出。

我喜欢这首诗的另一个原因,是诗人对历史题材的处理颇为独到。此诗虽有凭吊之意,却不显得悲壮,其笔法轻妙灵动,对历史不做结构性描写,不是借现代诗语再现传统文化,也没有采取滥情的方式注入主观的个体理解,让历史负上沉重的包袱,而是隐约让历史自身展示其姿容,在诗与思之间构建对话的可能,启迪人们思索历史的现实意义才是通达之道。末句"庾亮楼前的千年月光/依旧洒满清辉",确是点睛之笔!如暮鼓晨钟,余音绕梁,给人以无限的想象,这就是形象思维的魅力。我们可以想象在时光的隧道里,再"牛掰"的人,也都是匆匆过客,唯有文化可以留传后世;也可以让人发出"今人不见古时月,今月曾经照古人"的时空交错、物是人非的感慨。诗人自信,"南楼的笑声",在"历史的天空"飘荡,把咏史和描写夸张相结合,令人为之击节。倘若诗人仍有"剪不断,理还乱"的情愫,我想,那肯定不是别的,而是"言有尽,意无穷"的绵绵诗意。

  一首诗的成因是多方面的,有时候看似突发奇想,其实这与诗人日常的生活积累、积淀有关。诗可以兴,可以比,可以爱,可以恨,可以哭,可以笑。在心为志,发言为声,悲天悯人,直抵内心,都是诗的品质。好诗,没有标准答案。但当你一旦读到它,一定会眼睛为之一亮,心灵为之悸动,它也许只有一句话、或几个字,就像萤火虫的光芒,来自生命与生活深处的光芒,能够赋予读者畅想的力量。我感到了《梦的入口处》的力量。

  王国维在《人间词话》中说:"诗人对自然人生,须入乎其内,又须出乎其外。入乎其内,故能写之。出乎其外,故能观之。"《梦的入口处》的可贵之处在于诗人如实反映现实,通过艺术的感知、艺术意象的选择和语言的提炼,而抒写出的富含诗意的灵思。这样的诗篇才能打动读者的心弦。

周承水,湖北省作协会员、鄂州文史专家。

一抹阳光一首诗
——读刘国安诗集《梦的入口处》

邓文兴

最近,获赠一本刘国安的诗集《梦的入口处》,我爱不释手。仔细品味,深受启迪,给人一股催人奋进的力量。

常怀感恩心。刘国安不仅是梁子湖土生土长的诗人作家,而且还是一位心怀感恩的传承孝道的好男儿。他有好多首诗歌的内容都是写尽孝和亲情内容的诗,并且亲自予以践行。如《父亲的草帽》中,"镌刻着麦稻的年轮/散发着泥土的芬芳/应和着犁耙锄镰的交响/劳作时成为田垄上永恒跳动的乐章/父亲的帽檐边,是汗珠映射的满手老茧/父亲的帽檐外,是季风带来的家园颂歌,与一路梦想"。用写实的手法,栩栩如生地叙述出了他的父亲一生勤劳的往事。如《母亲的双手，是一场宏大的叙事》中，"北风笼罩着大地／门前的截流沟冰冻三尺／破裂的双手／搓揉着岁月的皱纹，您手握的棒槌在捣衣石上／激起层层冰花／一针一线缝制绣花鞋垫／编个手工蒲团／像墙角的一只蜘蛛／一样平平淡淡／您心平气和地编织余生"。用生动而又平实的诗句，将耄耋之年的母亲一生心灵手巧和勤劳的事迹，娓娓道来。与其说是表达母爱之情，不如说是描写普天下千千万万个慈祥的母亲，创新了诗歌的写作技巧。

刘国安平时擅长运用纪实性等多种手法写诗。如《光与影》"深夜里，父亲突然病重／背着父亲去住院部的九楼／像是背着他的全部岁月／如同当年他背着我的童年梦想……"这首诗运用对比衬托的诗句，既反映出了刘国安在医院精心护理父亲的每一个细节，同时又用类比的手法写出了感人至深的亲情场面。如《母子语法》"相聚总是短暂／背上一箩筐叮咛／我留下满厢房的嘱咐／每次面对母亲远送的目光／我总怕回头／世间有许多美好的修辞／这是我们母子之间／最好的语法"。将自己每次回家看望母亲的场景展现在诗行里，母子情深，意味深长。亲情是比翼双飞的鸟儿，不论飞到哪里，依依眷念，割不断的血脉亲情，源远流长。

鲜活的诗意。刘国安在诗歌创作中，不仅积累自己所学到知识，而且善于鲜活地将这些知识点融到诗歌当中，活学活用，形成独特的诗歌风格。如《人生与代数求解》中，"自呱呱坠地／每个人都面临／一道人生方程式／一切或许是未知数／期望的是绝对值／但更多的是不等式／将理想小心翼翼代入方程／顺风满帆时／结果有时是平方和／借助化整为零／很快求得正解／不尽人意时／人生是多元方程／通过因式分解／可以顺理成章"。这首诗从表面去看，是在做数学题，平铺直叙，从深层分析和读懂这首诗，别具一格，面对现实生活当中无数个未知数，要克难勇进，解难题求大同，人生没有蹚不过的河，"前途尽有光明路，莫忘中藏曲折幽"，走好自己的路，尽心尽力为社会作贡献。如《不等式》"台下有千军万马／台上对应一支话筒／约等于一个剧场的口腔／公说公有理，婆说婆有理／舌头与牙齿的较量／隐藏很深／电闪雷鸣将时空因式分解／分子和分母在力求某种平衡／欲望，一个没有化简的假分数／气球鼓鼓胀胀／最后输给了一枚针尖"。这首诗通篇没有华丽词汇，却给广大读者一种深层次的考量。刘国安在诗歌中运用数学的不等式，形成平行线，有理有节地演绎出诗歌的进行曲，完整地创作出了这首哲理诗歌，将数学鲜活地融化在诗歌里,这是一种新意,一种风格,值得点赞。

乡愁是幅画。擅长写优秀诗歌的人,知识面要宽,形式需新颖。刘国安不仅限于诗歌创作,而且拓展创作思维,近几年在各种报刊发表了许多散文诗,具有浓郁的乡土气息。如《做一只水鸟,在梁湖的波心筑巢》中,"屏住呼吸,沉入湖底,打捞高唐县沉没的您悠往事。一叶扁舟,承载着孟玉红拯救黎民百姓的美丽传说。雨水,时间的波纹,每道涟漪都是一个密码,雨水落入湖中,恰似记忆的复制粘贴。波浪是一条长鞭,拍打着梁子门的声声咏叹,一柄荷伞撑起沧海桑田。湖中有岛,岛中有湖。湖水煮湖鱼,这里是武昌鱼的故乡"。短小精悍的散文诗,从切入点高唐县变成梁子湖,到落脚点是武昌鱼的故乡,史海钩沉,文笔飞扬,勾勒出"一滴水长出故乡"的锦绣美景。如《沼峰的山谷传来回声》中,"远处的炊烟,随风飘来。一幅梁子湖水乡的画面徐徐呈现。山上的天气,好像姑娘善变的脸。季节是顺时针的音符,也是逆时针的密码。虫儿在树叶的背面,埋下一个伏笔,虫洞是我们浪费掉的一截截光阴。背上蛙鸣上路,我借助故乡的月色,铿锵而行"。这篇散文诗,运用虚实结合的手法,将暗喻写在"伏笔"和"浪费"的哲理当中，是一篇可赏、可存的优秀散文诗。如《打一张腹稿，虚构村庄》"故乡的青山，是一根扁担，挑着雨雪风霜和一路泥泞。故乡的小河，是一根背带，背起春夏秋冬和满天星辰。村前的鸟巢，不再是参照物。现实掏空理想，乡愁被连根拔起。用一堆散落的平仄点燃乡愁，青山永在，绿水长流。时间不再需要虚构，乡村振兴的号角再次吹响"。这篇散文诗运用了许多对比的修辞，用"一条扁担"和"一根背带"作为连接线，将山村新变化的五彩图给读者和盘托出，让读者仔细品味，不亚如"乡愁是一枚邮票"的韵叹。诗人像一只小鸟，飞翔在群峰上空，荡漾在碧波上面，带着梦想，带着诗笺，在故乡梁子湖的心灵深处长出郁郁葱葱的春天。

借用姜锋青先生评刘国安的诗作《乡愁，泊在故乡的港湾》的祝福语，衷心祝愿刘国安在耕耘诗歌的精神家园里，百尺竿头，写出更多独特的、有生命力的好诗。

邓文兴，湖北省作协会员。

大开大合　初心如磐
——读刘国安诗集《梦的入口处》

龚愿琴

最近，读刘国安的诗集《梦的入口处》，我的脑海里常常会浮现出美国诗人布罗茨基的那句名言："诗歌是对人类记忆的表达。"好的诗歌，一定是诗人对自己人生记忆和经验的表达，具有鲜明的时代烙印，记录着这个时代的脉动和情感。

时代，是个大而广的名词，它既可以是家和国，也可以是你和我，还可以是春天的光、夏天的雨、秋天的风、冬天的雪，总之，是在这个时间段、这个时代背景之下的万事万物。而万事万物有灵，皆可入诗。诗人所要做的，就是从这万事万物中提取诗意的"点"，让读者从"点"中窥见时代的全貌。《梦的入口处》收录诗人刘国安近年来创作的诗歌一百零八首（章），其题材广泛，立意新颖，博古通今，大开大合，读来让人时而激情澎湃，时而掩卷沉思，时而抬首眺望，时而莞尔一笑。

比如，在《金色葛店》中，以"一缕改革的春风／从白浒山码头吹来"带起，让读者看到了"武鄂同城的列车风驰电掣"、"爱民制药厂的生产线／奔跑着新时代的律动／唯品会的机器人／在分拣着时光的节奏／中建三局工地上的脚手架／在热烈欢迎纷至沓来的客商／杜肯索斯的隔热板／删除的是乡村陈旧的修辞"——这是多么欢腾的场面，这是多么激昂的场景，诗人抽取几个典型的"时空"进行罗列，瞬间就打开了葛店"金色"的格局，使读者能强烈地感知到时代的浪潮奔腾汹涌，前进的步伐铿锵有力，深深认同当前是一个"桃花灿烂"且值得用诗歌来称颂的"时间窗口期"。

再比如，《白云携来清音，为这片天空题款》气势磅礴，酣畅淋漓，亦是一篇与时代同频共振的大手笔之作。在这里，诗人以时间为轴线，用大量的排比句，将"这片天空"下的古往今来一一捋顺，让一个个历史人物从尘封中走来，让一幅幅现代发展的蓝图鲜活立体起来，从而让诗的表达言之有物，掷地有声。

与上述诗作豪迈亮丽的底色不同，诗集中的另一些作品则显得细腻且柔和，反映出诗人收放自如、沉着冷静的诗风。比如，"那些年月，人世间的许多美好／像炊烟萦绕在村头村尾／翻过几道山梁／就能帮人家捎句口信／揣在怀里总怕有丝毫闪失／半夜里谁家有三病两痛／颤巍巍的竹床在山道上急速行进／左邻右舍急急忙忙把病人／送往乡镇的卫生院里"(《乡村往事》)，诗人的描述平静而内敛，语气轻柔而恬美，节奏淡定又平实，轻轻地将许多年前淳朴并有人情味的乡村图景慢慢展现在读者面前，让读者与作者一起对逝去的"那些年月"产生充满诗意的遐想和怀念。

好诗长什么样子？著名诗人、作家、《诗刊》杂志主编李少君说："好的诗歌，源于诗人初心的觉醒，同样，也会唤醒读者的初心。"初心是什么？初心就是童心，是赤子之心，是纯粹之心，是对自己和周围事物的察觉和敏感，是保持热爱、保持纯净、保持探索、保持好奇的眼光和心境。平凡的生活，黑白的世界，都会因为诗人的初心而溢出满满的诗意。

在诗集《梦的入口处》中，这样的"初心"可以说俯拾皆是。以《秋日涂家垴》为例："紫燕衔来一枚朝阳／芦苇在岸边站成诗行／一株蓝莓在季节里怀春／芡实破壳而出／满眼的金色／是苍穹扔下的一幅油画／孩童，在稻场里嬉戏／炊烟，在清风里舞蹈／一串串红薯的藤蔓／在宅俊村的山岗上蜿蜒／几头水牛在湖岸边／咀嚼乡愁的密码／万秀村头的那棵桑葚／正翘首以盼远方的游子"。读这些诗句，我们仿佛和诗人站在一起，以一种从来没有、第一次看到的眼光"看见"涂家垴。瞧，紫燕有情，芦苇有趣，蓝莓有心，芡实调皮，孩童生动，炊烟如诗，红薯的藤蔓蓬蓬勃勃，水牛和桑葚树都安静随风——如果没有一颗敏感且饱含热爱的心，如果没有一双敏锐且细致的眼睛，又怎会描绘出如此精致、极富生活气息且有层次感的秋日盛景？描绘既出，美好就展现出来，于是，诗意便弥漫在字里行间，氤氲在眼里和心里。

再看，《户部巷》中对"黎明"到来和"环卫工"作业的简写，对"热干面"制作过程的详述，对"空心麻圆""三鲜豆皮""糯米鸡""豆腐脑""糊汤粉""烧麦""楚汤包"等等的一笔点睛，无不是在用一颗新奇、挚爱的初心去感受热辣滚烫的人间烟火气，并从其中升华出诗意的祥和与幸福。

诗者，语言之寺庙也。在诗的庙宇殿堂里，语言的生动和凝练一直是诗人需要修炼和到达的高度。刘国安数十年如一日地坚守在诗的王国，用一颗虔诚的心去勤奋地播种和耕耘，诗集《梦的人口处》是其继诗歌散文集《放飞炊烟》之后喜获的又一枚丰收果实。此集内一百零八个精心构建的篇章，表现出诗人多元的语言思维广度和熟谙的语言掌控力度，尤其是在善用修辞方面可圈可点，已然达到较高的艺术水准。

一切诗歌均为人类记忆的表达，一切诗心均是初心。在这样一个春末夏初的美好季节，捧读诗集《梦的人口处》，你会时时遇见这个五彩斑斓的大世界，也能刚好遇见纯洁无瑕的自己。

龚愿琴，湖北省作协会员，湖北省文艺评论家协会会员。

人间烟火又在市井中燃起
——读刘国安诗集《梦的入口处》有感

王友燕

最近,刘国安老师新诗集《梦的入口处》出版。这是他的第二部个人文学著作。诗集有市井工笔画、故园乡愁风、时光万花筒、诗情与共勉四个部分。所有题材均来自生活,语言平凡朴实,没有华丽的辞藻。诗集中我们可以看到诗人除了有一颗对家乡对祖国真诚的赤子之心,还有对底层百姓悲悯之情和对生活的热爱。

在第一部分市井工笔画中,为避免落入俗套,让人产生审美疲劳,诗人独辟蹊径,直面生活现场,从城市小吃街、洗涤店、巷口烟酒店、公交站等街头巷尾最平常的柴米油盐、所见所闻,到我们身边每天都会遇见的医生、环卫工、的哥张三、拾荒夫妻、地摊女生、城郊大妈、补胎人等许多市井小人物,以及恳谈会、蹭网、烤红薯、树叶、小草、蚂蚁等小事件、小事物,诗人巧妙地以小切口彰显大情怀,勾勒出人间万象,真实地反映了生活中的真善美和人们的道德观、价值观,并深刻揭示社会中存在的各种不良现象。让读者仿佛亲临诗歌现场,不仅能看到自己影子,而且很容易与诗人产生深深的共鸣和共情。如诗歌《烤红薯》:

  一只红薯,躺在城市街口的
  烤炉上大汗淋漓。他
  匆匆进城,忘了带户口本,
  也来不及与母亲打招呼。
  一袋烟工夫,乡愁被烤煳。
  瘦弱的身躯转眼间
  成为一张红唇的甜点心。

  芒种后的雨滴,是母亲
  思念的泪花。高高的山冈上,
  母亲又在栽红薯。一根根
  藤蔓在阳光下延伸,母亲的
  希冀也在风雨里生长。

  母爱总是能装满一箩筐,

"又不知，到时有几只
红薯要进城受炼狱？"
城里的红薯叫人带了话，日子
总还得要继续，只希望村里
几个叫"茗货"的同伴
比他过得好。

还有诗歌《洋澜湖》：

仿佛穿越千年看到从历史烟尘中向我们
走来。
　　清晨的第一声啼鸣从月陂金鸡岭传来
　　司徒瓦窑嘴的陶坯在高温中淬火
　　吕田铺和庙脚洪升起一缕炊烟
　　葛仙公手持太上老君的葫芦药瓢
　　沐浴五香的丹砂在金鼎中煅烧
　　洪港小桥港英山港莲花港五丈港
　　犹如洋澜湖肚皮上的根根脐带
　　源源不断送来一泓泓岁月的清泉
　　朝霞挥洒在庾亮楼的窗棂
　　丁鹤年笔下的采莲女正在精心梳妆
　　明堂湖岸边的儒学里书声琅琅
　　来不及在南门塔的包子铺里早膳
　　陶侃又挥锹和武昌城的官人们一起植柳

龙王庙和兔儿墩一夜的辛苦劳作
胡家畈孟家岭南浦渡的渔船刚刚上岸
吆喝声叫卖声淹没了尘世的喧嚣
湖面映射着西山群峰的倒影
一缕清风穿越时空的隧道
仿佛诉说着三国吴王古都的嬗变

  诗人刘国安是一位非常细心的人，从故乡到异乡，从乡村到城市，诗人通过对客观事物进行敏锐的观察，将生活中许多人毫不在意的瞬间，经过精心提炼后，运用拟人、比喻、夸张、复沓、跳跃、讽刺等灵活多变的修辞手法，加上丰富的想象，甚至是幻想，在听觉、视觉上、味觉感受等多方面塑造鲜明形象、营造多种意象。这种以景喻情、以情出景，情景相生，虚实结合等表现手法和写作技巧所产生的艺术效果，让人读完诗歌后会产生各种联想，引发深思，回味无穷。如诗集开篇第一首诗歌《户部巷》：

露珠比黎明起得更早，蛇山之北
黄鹤楼上空的启明星若隐若现
武昌司门口，公交站台上
环卫工"左一撇右一捺"做着功课
户部巷的炉火刚刚生起

心有多宽，锅里的水就有多宽
一筒碱面在水中沉浮
摊开、抖散、抹油、再摊开
筷子不停地抖动，挑到近乎跳跃
在冷风中快速凉透
"掸"是其中之精髓
再一次下水，关火
接下来是应接不暇的加法
香油、蒜泥、卤水和芝麻酱的调和
葱花和萝卜丁是必不可少的点缀
一碗热干面，勾勒出曼妙的城市记忆

硕大无比的空心麻圆
披着黑芝麻的油衣
内层软香的糯米，包裹着甜甜的酥脆
三鲜豆皮外脆内软、煎得精细、油光闪亮

彭氏糯米鸡，配方独特、口感极好
还有张记豆腐脑、徐嫂子糊汤粉、天麻乳鸽汤
都有沁人心脾的俊俏与爽朗
翡翠烧梅皮薄似纸，馅心碧绿
李桃烧麦吸取众家之长，油而不腻
今楚汤包馅大汤多，舌尖上的温润悠长

江风中，传来码头的几声汽笛长鸣
那些俊男靓女，摩肩接踵、人声鼎沸
一条狭窄的小巷连接时空
弥漫着整个江城的人间烟火

户部巷是武汉市最有名的"早点一条巷"，始建于明代，清代时因毗邻藩台衙门而得名。它位于武汉市武昌区司门口，连通民主路和自由路。东靠十里长街，西临长江，南枕黄鹤楼，北接都府堤，长约150米，宽8米。铺面以家庭为单位铺陈开来，楼上是住家，楼下是各种小吃餐饮店。不仅口味丰富，而且种类繁多。在这条长约150米的百年老街上，很多早点摊从20世纪七八十年代到现在，几十年经久不衰，被誉为"汉味小吃第一巷"。这首诗歌诗人以生动的笔触描写了江城武汉户部巷清晨老百姓"过早"的热闹场景，充满温情和人间烟火的味道，反映了新时代下普通老百姓的真实生活。

市井长巷，聚拢来是烟火，摊开来是人间。城市繁华的背后不可缺少的市井生活和柴米油盐。清晨，一句句亲切简单的问候，一声声带着乡土气息的吆喝，一家家小吃店门口散发着腾腾的热气，一户户小餐铺五谷浓香阵阵扑鼻而来……一条条悠长嘈杂热闹的小巷，藏着钢筋水泥城市最简单的幸福和最能抚慰人心的人间烟火气。

杨绛先生曾说："生活，一半烟火，一半清欢。"人生在世，历尽千帆后，所有的繁华，最终都会归于平淡。一年四季，一日三餐，柴米油盐酱醋茶，是我们每个人在生活中都要面对的七件事。有烟火味的生活，才是人们向往的幸福的生活。烟火炽热，人间温馨，只有用心感受，才能领略到生命的真谛和美好。

王友燕，湖北省作协会员。

时间，是自愈的偏方

三年时间，一转身就有熟悉的人再也不见，世事无常成为日常。曾几何时，焦虑与不安交织，煎熬与抗争并存。作为一名诗人，在时光的罅隙里调整呼吸，唯有用诗歌来表达自己的心境，用诗歌礼赞生命，用诗歌试图与社会生活的和解。

《万物醒来都会选择和解》都是基于特殊时期和去年大旱之年的人间痛楚作为创作的题材。人类在遭遇疾病与天灾的双重夹击，从受伤、痛苦、结痂、疗伤到自愈，这个过程是无助的、也是孤独的，但我们在不断倔强生长过程中，始终还有阳光雨露的庇护，这让我强烈感受到了人性的光辉和生命的崇高伟大。在《光阴统计学》和《一只飞蛾停在窗户玻璃上》两首诗中，"窗外薄雾蒙蒙／犹如尘世凝结的内伤"，生命是无比脆弱的存在,"生命的正负数都有相等的绝对值"。但同时,人活着需要一点耐心,活得久,才能站在山头,欣赏自己走过的崎岖山路。人的困境可能会持续很久,我所能做的最好的事情,就是学会坚韧,坚持做好自己,然后等待柳暗花明的一天。

前年夏秋时节,长江"汛期反枯",历时一百多天的罕见旱情,让人记忆犹新。《不是每场雨水都能飘然而至》《秋水辞》《我渐渐适应水陆两栖的生活》《雨水配方》四首诗歌都是基于对于大自然的敬畏,对于人与自然和谐共生的感佩。生活如果不宠你,更要自己善待自己。只有枕戈待旦,不向命运屈服,披星戴月,顽强斗争,才有希望遇见最好的自己。"水蒸气在云层中慢慢凝结／一场小雨来得及时／昼夜轮回似一块硬币的两面／整个秋天都熬红了双眼"。

自愈是一种稳定和平衡的自我恢复机制。人活着,其实就是一种心态,你若觉得快乐,幸福无处不在;你为自己悲鸣,世界必将灰暗。《装修素描》《有些乡愁是用来悬挂的》《厨房札记》《尘埃里长出一株青葱白菜》四首诗歌都从市井生活的角度,记录了普通人群的生活状态和人间烟火。日子再难,总有人能够从贫瘠里开垦出宝藏,从荒芜里走到春暖花开。时间,是自愈的偏方。一生二，二生三，三生万物，道法自然。对生命而言，接纳才是最好的温柔；对人生而言，与万物和解是最终的目标。"物体间存在万有引力/时间开出一个偏方/档案袋的背面/'此页无正文'"《与时间讲和》《进化论》这两首诗歌正是从阴阳和谐的角度，记录人与万物和解的心路历程。

一路艰辛跋涉，一路风雨兼程。唯有珍惜拥有，过好当下的每个瞬间，不温不火，不急不躁，让诗歌与生活互相和解，又互相成全。

刘国安
2024年5月于湖北鄂州